国家出版基金项目

NATIONAL PUBLICATION FOUNDATION

海棠花开

时代楷模吕建江纪事

李春雷◎著

河北出版传媒集团

河北教育出版社

图书在版编目（CIP）数据

海棠花开 : 时代楷模吕建江纪事 / 李春雷著. --
石家庄 : 河北教育出版社, 2020.12（2025.01重印）
ISBN 978-7-5545-6188-1

Ⅰ.①海… Ⅱ.①李… Ⅲ.①报告文学 – 中国 – 当代
Ⅳ.①I25

中国版本图书馆CIP数据核字(2020)第238698号

海棠花开——时代楷模吕建江纪事
HAITANG HUAKAI-SHIDAI KAIMO LVJIANJIANG JISHI

责任编辑　杨　乐　赵　菲
封面设计　赫　江

出版发行　河北出版传媒集团
　　　　　河北教育出版社 http://www.hbep.com
　　　　　（石家庄市联盟路705号，050061）
印　　制　廊坊市佳艺印务有限公司
开　　本　880mm×1230mm　1/32
印　　张　5.75
字　　数　120千字
版　　次　2020年12月第1版
印　　次　2025年1月第3次印刷
书　　号　ISBN 978-7-5545-6188-1
定　　价　45.00元

目 录

人物名片

吕建江，男，汉族，1970年4月出生，河北井陉人，中共党员，大学文化，一级警督警衔。

1989年参军，1990年至1993年就读于中国人民解放军第四军医大学；毕业后，到驻陕西某部队卫生所任军医，1994年加入中国共产党，后任卫生所所长（正营职）。

2004年转业到石家庄市公安局桥西分局汇通派出所，成为一名普通民警，2005年起任留村社区警务室"片警"，2010年任汇通派出所副所长，2011年任安建桥综合警务服务站主任。

2017年12月1日，因长期劳累，积劳成疾，突发心脏病，经抢救无效，不幸去世，年仅四十七岁。

2018年1月27日，公安部追授吕建江同志为"全国公安系统二级英雄模范"。

2018年4月17日，中共中央宣传部追授吕建江"时代楷模"称号，称其是新时代广大党员干部和公安干警的楷模，他以自己的实际行动践行了习近平总书记对全国公安机关和公安队伍提出的"对党忠诚、服务人民、执法公正、纪律严明"的总要求，诠释了"人民公安为人民"的铮铮誓言。

2018年4月19日，由中共中央宣传部、中共中央政法委、公安部、河北省委联合主办的"时代楷模"吕建江同志先进事迹报告会在北京人民大会堂举行。

第一章
情深未了

　　巍巍太行山，滔滔滹沱河，千年赵州桥，古韵正定城，红色西柏坡，京畿之地，南北通衢……这些丰富独特的自然人文要素，积淀出缤纷多彩的石家庄。

　　石家庄槐安路与建设大街的交叉路口一带，是闹市区。

　　在路口的西南角，有一座警务站。因位于安建桥旁边，所以命名为"安建桥综合警务服务站"。

　　2011年9月9日，四十一岁的吕建江被任命为安建桥警务站主任……

静静海棠

警务站旁边，有一片繁茂的海棠树。

一年四季，这一群朴实而快乐的海棠，默默地簇拥着警务站，相依相伴，相望相守。

春天到了，粉红的海棠花悄然绽放，给警务站增添了浓浓的诗情画意；夏天，海棠树枝繁叶茂，为警务站送来阵阵清凉；秋风涂黄，远处杨树、柳树、槐树的叶子纷纷随风飘落，而海棠树的叶子依然褐黄紫红，闪闪发光；冬日里，海棠的枝条上挂满了肥肥胖胖的白雪，晶晶莹莹，辉映着警务站不停闪烁的红蓝灯，给这座城市传递着一种镇静无言的安宁……

吕建江非常喜欢这片海棠。

他时常来到树下，抬头看看海棠花叶，深深吸一口温馨的气息，伸伸臂，弯弯腰，舒缓一下疲惫的身体，然后又继续忙碌……

2017年11月30日，一个普普通通的日子。

吕建江像往常一样早早地起床，简单吃了几口饭，就匆匆走出家门。

上午，他先到桥西公安分局开会，介绍管理警务站的经验，回到警务站，就一直在忙着细碎的工作。

正常的下班时间是下午4点，但他一直加班到晚上7点。

延时下班，是他多年的习惯。

暮色浓浓，海棠静静，脚步沉沉，吕建江匆匆回家。他知道，不管回家多晚，妻子总会等着他一起吃晚饭……

时光的味道

吕建江和妻子崔利平都是井陉县人，高中同班同学。

高三那年，吕建江的父亲因病去世，家里的顶梁柱倒了。母亲多病，弟弟年幼，一家人的日子更加艰难。原本性格内向的吕建江，话更少了，白天埋头学习，晚上悄悄落泪。

吕建江的学习成绩很好，考上一所不错的大学没有问题。但上大学要花钱，家里哪儿有钱呢？体弱多病的母亲依靠种地维持一家生活，已经欠下了不少外债。

吕建江决定不上大学了，参军去，部队穿衣吃饭不花钱，并且还有津贴，可以寄给母亲，补贴家用。

高中毕业时，吕建江放弃高考，选择参军，从此告别崔利平。

两人天各一方，开始了鸿雁传书的美好岁月。

两年后，吕建江以优异的成绩考入解放军第四军医大学。他写信向崔利平报喜，并表白了爱慕的心意。

军医大学毕业后，吕建江到秦岭脚下的部队卫生所担任军医。不久，他和崔利平步入了婚姻殿堂。

吕建江的单身宿舍就是结婚的新房，没有家具，没有戒指，没有婚纱，也没有双方家人的到场。

战友们热烈的掌声，就是对他们简朴而真诚的祝福。

他们互相送给对方的新婚礼物，就是那几百封写满了深情厚谊的书信。

女儿田田出生了。

崔利平随军，没有工作，一家三口只靠吕建江的工资生活，还要把一部分钱寄给母亲。日子虽然清贫，但每天和相爱的人在一起，彼此感觉很幸福。

就这样，在秦岭脚下的一座军营里，他们一家三口平平静静、快快乐乐地生活了十年。

2004年，吕建江从正营职卫生所长位置上转业，来到石家庄市公安局，成为一名普通民警。

崔利平也随丈夫回到石家庄，没有正式工作，偶尔在附近打工。

吕建江被分配到汇通派出所，担任留村社区的"片警"。

从此，原本平静的生活一下子转变了节奏。

不管值班与否，吕建江经常半夜三更才回家。有时候睡得正香，电话响起，他马上就走。

刚开始，崔利平不习惯，但时间长了，也不得不适应。再后来，反而又形成了新的习惯——等待。白天，孩子上学了，自己下班回来，做饭、吃饭、浇花、擦地，地板一尘不染，映照着一个寂寥的空房；晚上，独自看电视或站在窗口向外张望，城内万家灯火，天上星星闪烁……

留村社区拆迁时，吕建江连续几天没有回家。有一天，半夜归来，一句话没说，直接躺倒在沙发上。

崔利平感觉不对劲儿，给他量血压，200多，吓坏了："你这是不要命了？"

妻子让他请假，休息两天。

吕建江说："拆迁的事儿正多着呢，我不能请假。"

妻子着急得想哭："你要是不好开口请假，我给所长、局长打电话吧。"

吕建江坚决不同意，只是答应注意休息，按时吃药。

第二天一大早，他又悄悄地出门了。

崔利平一早醒来，发现身边没人了，急得直跺脚，便给所长打了一个电话，告知吕建江的病情。

晚上回来，吕建江黑着脸，瞪着她，大声说："你这是干啥呀？咱是山沟里出来的，受这点儿苦，算什么！"

为此，他好几天不理妻子。

2011年，吕建江被任命为安建桥警务站主任。

这一下，他更忙了。

虽然当了主任，但吕建江坚持和普通民警一样，和大家轮流值夜班。警务站日常工作特别多，吕建江比普通民警更忙更累，血压一直居高不下，时常用药。

军医出身的他很明白，经常熬夜，生活不规律，工作压力大，吃再多药也没有好效果，只有休息好才是最重要的。但警务站事情太多，日常管理、开会、检查、维护失物招领网以及打理微博微信、接待媒体，等等，常常下了夜班回到家，电话还是一个接一个。

他的手机，二十四小时值班。因此，吕建江最做不到的就是好好休息。

崔利平越来越担心吕建江的身体了。

他每次下班回家，妻子就说："把电话给我，赶紧吃饭，然后睡觉。"

所有来电，一律由崔利平这个"秘书"接听，除非工作上有重要事情，其他琐事，基本"过滤"。

2012年，女儿田田考上了大学。

送走女儿后，吕建江转身就哭得稀里哗啦，好长时间心里空落落的。

在女儿的记忆里，自从爸爸转业当了警察，这十几年来全家人很少一起外出游玩儿。

田田提出："老爸，周末咱去逛街吧。"

吕建江总是说："你们安排吧，先别打算我。"

田田又说："老爸，暑假咱们去旅游吧。"

吕建江说："好啊，旅游好，但明年再说吧。"

就这样，一年推一年，年年不落实。

田田的大学在保定，离白洋淀很近。送女儿入学时，吕建江就许诺："抽空咱全家到白洋淀转一转。"但直到田田大学毕业，这个承诺也没有兑现。

田田说："我爸跟别人说的话都算数，就跟我们说的，不算。"

崔利平计算过，从警十三年，吕建江在家里的时间，除去睡觉，跟她和女儿相处不超过半年。就连这区区半年时间，还被他网上处理公务、上微博微信给网友答疑解惑挤占了很多。

中年夫妻的爱情，不是轰轰烈烈的过往，而是平平淡淡的现在。

但作为警察的妻子，她现在的每一个日子，总是空空荡荡……

永别离

2017年11月30日，吕建江本该下午4点下班，却直到7点才回家。

回家的路上，眼睛干涩，浑身疲倦。进门的时候，《新闻联播》已经结束了。

崔利平赶忙把饭菜端到桌上。

他只是吃了几口稀饭，就对妻子说："我有点儿不太舒服。"于是放下碗筷，斜靠到沙发上，又打开手机，翻看网友们的留言去了。

自从办起了"网上警务室"，尤其是注册了"老吕叨叨"这个微博账号之后，吕建江就忙成了一个滴溜溜转的"陀螺"，他被网友称为"永不下班的警察"。

他白天在警务站上班，晚上回到家又开始在微博、微信"上班"。在网上，他为认识的和不认识的人们服务，回复咨询、答疑解惑、发布警情提示、贴出寻物寻人启事等事项，非常繁多，每天都有太多放不下的牵挂。

最近十几天，吕建江都在加班，一直都没有好好休息过，脸上满是疲惫。

今天下班又很晚，崔利平已经催了好几次，去休息吧。吕建江翻着手机，对妻子说：我正安排站里的事呢，我正回复着几个网友的咨询呢，我还要看看巡逻车在哪里呢……

他有忙不完的事，他有操不尽的心。

吕建江继续斜靠在沙发上，专注地翻看着微博和微信，不觉已到深夜。

他感到胸部有些不舒服，不时地挪动着身体，但还是专注地翻看着微博和微信。

崔利平又催了他好几次，他还是说，事情没有弄完，等一会儿就睡，你先睡吧。

一直熬到深夜12点多了，吕建江说，我觉得有些难受。这时，他才想起上床躺一会儿，可躺下之后更难受，就又坐起来。就这样，反反复复折腾了好几次。

崔利平感觉有些不对劲儿，赶紧起来，帮他翻翻身，摸摸他的额头。

这时，吕建江蜷着身子，强忍着，低声对妻子说："我工作压力大，太累了，有时候跟你没好脾气。利平，咱岁数都大了，你是我最亲的人，我以后得注意了。"

崔利平听他这么一说，心里突然"咯噔"一下：他平时很少说这样的话呀。

由于平时血压高，吕建江做过军医，所以家里也备着常用药。让妻子给他拿了几种药，吃下去之后，还是难受得不行，额头上汗津津的。

妻子看他实在撑不住了，就说："赶紧去医院吧。"说着掏出手机就要打"120"。但吕建江不让她打，非要坚持自己开车去医院。

崔利平知道他的心思，因为家里经济条件不好，本来就简朴的吕建江很"抠门儿"，尤其是在他自己身上，更是怕花钱。崔利平拗不过他，只好赶紧搀扶着吕建江走出了屋门。

一路上，吕建江咬着牙在开车，满头的汗汩汩地淌下来。崔利平紧张得心都提到了嗓子眼儿……

总算赶到医院。

在急诊室治疗时，吕建江对妻子说，我的腿和脚都麻得不能动了。崔利平就想给他揉揉腿，捏捏脚。

给他脱下袜子，崔利平看到的脚掌，皲裂得像干树皮一样，全是厚厚的硬邦邦的老茧：他每天得走多少路，才能把脚磨成这样啊！

摸着丈夫的脚，崔利平心疼得流下了眼泪。她扭过头，没让他看见。

吕建江觉得很困，说很想睡一会儿，让妻子去找医生，给他打一针安定。他说，也许睡一会儿就缓过来了。

打过了针，他吃力地想要拉住妻子的手。崔利平赶忙拉住了他的手，觉得他的手很凉，就轻轻给他焐着，慢慢搓着……

急诊室里，医护人员一直在对吕建江进行紧急抢救。

当医生又让崔利平去缴费时，吕建江看着跑来跑去的妻子，就对她说："利平，给你弟弟打电话，让他过来吧，你一个人太累了。"

没想到，这竟成了吕建江留给爱妻的最后一句话。

2017年12月1日7点40分，经医治无效，吕建江走过了十三年从警之路，走完了四十七年人生之路，溘然长逝！

崔利平趴在丈夫的身边，紧紧拉着丈夫的手，哭着，喊着："建江啊，你既然知道我一个人太累了，为什么还那么狠心地把我扔下啊——咱俩一起来的，你怎么能让我一个人回家呀——"

…………

今我来思

丈夫去世，天塌地陷。

崔利平觉得自己掉进了一个巨大的黑洞里，无边无际的黑暗吞没了她。

她听不见周围的声音，看不见身边的一切，只能感觉到自己微弱的心跳，只有这颗心在为追念丈夫而跳动。

"昔我往矣，杨柳依依。今我来思，雨雪霏霏。行道迟迟，载渴载饥。我心伤悲，莫知我哀！"恍恍惚惚中，崔利平似乎想起了过去，一遍遍喃喃自语……

日复一日，寒冬过去，春天的脚步渐渐走来。

早晨，窗外传来一声声小鸟清亮的鸣叫，崔利平听见了。

她缓缓睁开沉沉的眼睛，黑暗渐渐退去，眼前慢慢变亮。透过玻璃窗，她看见随风飘摇的树枝泛出了淡淡绿色，微风中柔软的枝条上已经鼓出了嫩绿的芽苞。天空蓝蓝的，刚被春雨洗刷过。云朵洁白，就像家乡山坡上的羊群。

她想起了在井陉读高中的时光，那是和建江相识的地方，她好想回到那个岁月。她又想起了秦岭脚下的军营，那里是和建江幸福婚姻的起点，也是女儿诞生的地方。

想起了女儿，崔利平心底涌起了一股母性的暖流，她觉得自己身上有了一些力量。她缓缓转过头，想看看女儿在什么地方。她想让女儿知道，爸爸走了，妈妈还在。

日夜守护在妈妈身边的田田，看见妈妈醒了过来，就紧紧握住了妈妈的手。

崔利平也拉住女儿的手，想要坐起来。田田抱住妈妈的肩膀，把她扶了起来。

她看见女儿眼角挂着泪珠，就伸手去为她擦拭。她抚摸着女儿的脸庞，用沙哑的嗓音说："孩子，咱们不哭了，好吧？"

女儿点点头。崔利平把女儿紧紧抱在怀里。

她回过头，看见了丈夫的遗像，对女儿说："你爸爸也看着咱呢，咱不能让你爸爸放心不下啊！"

女儿又点点头，伸手把妈妈额前一缕凌乱的头发细心抹平，对妈妈说："妈，春天到了，你看今天的阳光多好，咱们到外面走走吧。"

崔利平说，好。她缓缓下床，拉着女儿的手，向门外的春天走去……

过去，"老吕叨叨"和网友们在微博上互动，那么热闹，那么红火，但崔利平一直没有注册过微博。

丈夫去世后，崔利平有很多很多话想说给他听。但怎么说他才能听到呢？

崔利平想起了微博。她觉得，丈夫生前一天也离不开微博，自己在微博上说的话，他一定能听到。

于是，崔利平注册了自己的微博。

2018年4月28日，崔利平在微博里写道：

我不知道人是不是真的有下辈子，而我希望是有的。下辈子我们还在那个拐角相遇：你穿一身绿军装，一手推着自行车，一手提着生日蛋糕，憨憨地笑着，那么傻，又那么可爱。而我也是满脸的羞涩和幸福。

那是吕建江参军一年后的春节，他要回家探亲了。

他给崔利平写信，说要到她家去看她，问她什么时候去合适。

崔利平的生日就在春节期间，她回信说，那就在我生日的那天来吧。

吕建江说，我记不清楚哪天是你的生日了。

崔利平一听，心里顿时升起一种莫名的伤感。她想，吕建江连我的生日都忘了，他是不是变了？于是就不再理他。

尽管没有给吕建江回信，但崔利平心里还是期待着吕建江能来看她。并且，她为没给吕建江回信，心里又有些不安：吕建江会怎么想？他会不会生我的气呢？他还会来看我吗？一个个问号，把崔利平的心搅得乱乱的。

崔利平数着一天又一天，在期待与煎熬的交织中挨过了二十多天。

到了生日那天，崔利平一早就起来了。她在焦急地等待着，她非常希望吕建江能突然到来。

都吃过午饭了，还不见吕建江的人影。崔利平有些坐立不安，她一会儿到门口看看，一会儿又到院子里转转，心神不宁。

眼看着夕阳在山顶上挂出一盏橘红的灯笼，但门前的路上还是不见那个熟悉而又陌生了的身影。崔利平有些失望，也有些生气。她对母亲说："我不等了，我要去姨家住几天。"

母亲小心翼翼地问："人家要是来了咋办？"

崔利平赌气说："那就让他回去吧。"说完，她一脸不高兴地走到院子里，推上那辆半新不旧的自行车，急匆匆就出了家门。

她骑车出村口没多远，隐隐约约看到前面有个穿军装的身影，也骑着自行车过来了。这时，崔利平的脸颊不由得一阵发热，怀里的那只"小兔子"就"突突突"跳了起来。

两个车轮迎面停了下来，果真是吕建江来了，他手里还提着一个精致的生日蛋糕。两人相视，一时无语。

崔利平心里满满的高兴，但却佯装平静，轻轻地说："你来了。"

"嗯。"吕建江笑着点头。

崔利平也没说话，掉转自行车，慢慢向村里走。吕建江憨憨地笑着，紧紧跟在她的身后……

那天晚上，他们说了很多很多话。

第二天一大早，吕建江就带着崔利平来到了自己的家——支沙口村。

走进院子，崔利平第一次看到了自己未来要住进来的家：矮矮的院墙，简陋的小院，只有两间破旧的石窑洞。

吕建江有些不安，对崔利平说："你得想好了，我可能连间房子都给不了你。"

崔利平爽快地说："你去哪儿我就跟你去哪儿，没房子咱俩就一起跟妈睡土炕。"

这一句话，又把吕建江说得鼻酸眼热。他下定决心：我的那个"她"就是她了。

探亲回到部队不久，吕建江考上了中国人民解放军第四军医大学，毕业后就成了拿工资的军官了。这对老吕家来说可是破天荒的大喜事。而这时，崔利平仍在井陉的山村务农。

对他们的婚事，吕建江家里的人一开始是不赞成的。就连街坊邻居也觉得，他一个大军官，不该娶个农村媳妇。

崔利平也觉得自己和吕建江有差距了。她在信中对吕建江说："虽说咱们很要好，但你要是不想再继续交往了，也别有顾忌。"

吕建江说："我还是那个我，我还是那个小山村里的人，你还是我心中的那个你。"

崔利平的父母也对他们的婚事有疑虑："人家今后就是军官了，人都是会变的，外面那么多城市的女孩子围着转，几年之后他要是变了心，你不是白白耽误了自己吗？干脆算了吧！"

崔利平坚信吕建江不会变，她要等着属于自己的那一天。

接下来，是四年漫长的书信往来。一个在繁华的城市上大学，一个在贫瘠的山村务农，这对他们的爱情是一场考验。

距离和时间都没能阻挡爱情之花绽放。在吕建江从军医大毕业并到部队担任军医一年后，在秦岭深处，在绿色军营，他们携手走进了婚姻殿堂。

吕建江从小生活在贫困的家庭里，养成了吃苦耐劳的性格，再经过部队的锻炼，是个做事认真负责的男人。而崔利平的家庭比较富裕，从小是在父母宠爱下长大的，生活中有依赖性。

自从结婚生女之后，一家大大小小的事都是吕建江在操心，崔利平觉得自己是世界上最幸福的那个人。

2018年5月16日，崔利平去了吕建江的老家支沙口村，看望了亲人：

老吕，今天我们回家了，回到了井陉。尽管看到的是一张张陌生的面孔，但熟悉的乡音依然倍感亲切，这里是我们的根。

我替你问候了哥哥，亲人见面，泪眼望着泪眼。你不在了，他们就是我的亲人，我也希望能像你一样用心守护着他们。

看望了故乡亲人之后，崔利平最想去的地方就是秦岭脚下的军营，那里是他们喜结连理的地方，是女儿出生的地方，是他们度过了最美好青春年华的地方，也是丈夫魂牵梦萦的地方。她要去那里寻觅曾经的幸福，去追寻丈夫曾经留下的脚印，去为丈夫了却一份多年的心愿。

2018年5月20日，崔利平怀着急切的心情，走向了秦岭。

老吕，我踏上了开往陕西的高铁。

这是一条通向你原部队的路，那儿是咱们的第二个故乡，是咱们生活了十年的地方，是见证咱们甜蜜爱情开花结果的地方，是咱们青春飞扬梦想开始的地方，是咱们女儿出生的地方，是咱们离开后魂牵梦萦的地方……此刻，我正在途中。

老吕，倘若你在，你一定又像小孩子一般开心得眉飞色舞了："哈哈，终于可以回去看看了。"

老吕，那年我们一起携手离开军营，如今我形单影只伤痕累累地回来。我把你弄丢了。我该如何去面对你那些亲如兄弟的战友呢？

晚上9点钟左右到达潼关，也许是天气清冷的缘故，大街上只有零零落落的人影走过，街边只有寥寥几个门店还敞着门亮着灯。

想起多年前的潼关，也是极尽繁华，大半夜路边的各种小吃店还喧闹不已，而今为何零落如许了呢？

夜，越走越凉，四周黑漆漆一片，只有车灯照出一道光亮。汽车辗转，熟悉又无比陌生的山峦树木，在车外一一而过。我知道，终点，就在不远的前方。

近了，近了，二十多年前，曾经的我也是如此急迫地走向你的身旁，走进你的心里。

我的爱人，今天我追随你的脚步，跋山涉水而来。

我来了，你在哪儿呢？

吕建江的先进事迹和他去世的消息，早已传遍了他曾经奉献青春岁月的军营。部队官兵都为有这样一位优秀的战友而自豪，他们含泪鼓掌，盛情迎接曾经的"军嫂"到来。

老吕，部队营房建设得更加美丽整洁了，你当年工作过的卫生所，设备也先进了很多。卫生员说，原有的旧设备大部分已经淘汰了。我四顾张望，除了那张简陋斑驳的旧办公桌，再也没有你工作时的痕迹了。咱们结婚时你的单身宿舍已变成了一片绿地，咱们后来居住过的小平房也变成了平坦的训练场。

宽阔的大院里冷冷清清，我代你去看望了原来的两位阿姨，她们都老了，身体也大不如前。她们泪水涟涟地拉着我的手说，吕医生那么好的人怎么就走了？我没有办法回答她们。我突然觉得，是我没有照顾好你。你走了，为什么我却能重来故地？

曾经热热闹闹的家属楼已是空荡荡的，看不到一位随军的家属和孩子。官兵们说，这地方太偏僻了，如今家属孩子过来都待不住。他们问我，嫂子，你怎么能够在这里陪伴了吕所长十年？我说，我从来没有过别的想法，他在哪里，哪里就是我的家。

西安的你的战友和嫂子们能来的都来了，我们见面相拥而泣。

老吕，对不起，我原本想要微笑着面对他们，我知道他们都因你的离去而悲痛，他们都很惦记我和女儿的生活，所以我应该坚强地面对他们，让他们安心才好。但见到他们的一刹那，我的伪坚强就土崩瓦解了。我觉得，在他们面前，我也不需要伪坚强，因为他们是咱最亲的亲人。

部队领导对我照顾得很周到，并关切地问候了我和女儿的生活及将来的安排，希望对我们能有所帮助，这让我感觉很温暖。

我告诉他们，组织上一直在关心照顾着我们的生活，还有那么多的好人，这足够支撑我们走好以后的路……

重返故地，崔利平把她和丈夫曾经走过的路重走了一遍，把他们曾经住过的地方抚摸了一遍，把他们曾经留下欢声笑语的每一个角落都细细浏览了一遍……

她很心痛，原本比翼双飞，如今只能孑然独行；她也很欣慰，曾经青春岁月的港湾依然安在。秦岭之行，崔利平替丈夫完成了一个最大的心愿。

站在秦岭脚下，望着绿色军营，崔利平再一次回想起丈夫的军旅生涯……

第二章
军营绿，炉火红

他是太行山的儿子，汲取了大山淳朴的乳汁，继承了山民勤劳、善良、无私的基因。

他是一块浑厚的矿石，带着山的石性，投身到绿色军营的炉火里。

春夏秋冬十五载，火冶雨淬，日晒风吹，锻打磨砺，他变成了一块纯钢，又回到了太行山下的故乡热土。

如果说他后来的十三年，身为人民警察，通过点点滴滴难以尽数的微尘小事，在大地上播撒了对百姓的深情至爱，那么这一切都与太行山、军营火一脉相承。

井陉之子

陉，特指太行山东西走向的山谷，是古代人类活动的重要通道。

在"陉"上建的关隘称为"塞"，太行山素有"八陉九塞"之说。

吕建江故乡所在的井陉，是"太行八陉之第五陉，天下九塞之第六塞"，因其地四面高平，中部低洼如井，故称井陉。赵武灵王，秦皇嬴政，汉将韩信，唐宋元明，都在这里上演了狼烟烽火的历史大剧，而抗日战争的"百团大战"，更为井陉添加了浓墨重彩的一笔。

千百年来，巍巍太行，绵绵井陉，养育出一代代山淳土厚的子弟，吕建江就是其中的一个。

从石家庄出发，沿石太高速一路向西，蜿蜒起伏的公路很快就伸进了太行山深处。

行至井陉的秀林下高速，沿着甘陶河岸曲曲折折南行，两岸的山峰越来越高，巍巍恢宏的太行山扑面而来。

车到南障城，从一山口折转西行，山路虽说已经修成了平坦的柏油路，但也还是穿山起伏，两侧不时有峭壁陡立，大有"山重水复疑无路"之势。

山路七曲八折，渐渐延伸到了太行更深处。时值5月，山外已是柳条摇绿，山里还是灰褐满眼，不时吹来的山风，依然冷飕飕凉涔涔。

大约走了二十里山路，就来到了吕建江的老家支沙口村。

支沙口，一个普普通通的山村，就像太行山皱褶里的一块石头，寂寥寥，静悄悄。村里老人说，等到天暖了，花开了，这里也是天蓝水清，茂林成荫。支沙口村有三百多户人家，约一千五百人，吕姓是村里的大姓氏。四十七年前，吕建江就出生在这里。

吕建江的家在村北一处高坡上，房屋是太行山区那种很常见的石窑洞，这是一户极普通的山村农家。

吕家弟兄三个，吕建江排行老二。就在他出生那年，三叔参军了。在当时的中国，青年人参军入伍是最令人向往的人生大事，也是整个家族的光荣。为了纪念此事，父母就给这个刚出生的孩子取了个乳名叫"军华"——军人之华。也许就是这个乳名，在吕建江幼小的心底埋下了对部队、对军人向往的种子，只等春来发芽。

20世纪70年代初，支沙口村民靠天耕种，十年九旱，一片贫瘠，面朝黄土背朝天劳作一年，还是食不果腹。

然而，这种贫瘠和荒芜，就像太行山的石头，磨砺出了吕建江坚忍不拔的精神、朴实憨厚的性格和勤劳节俭的品行，也促发了他对山外远方的向往。这种原初的磨砺，为未来一个优秀的军人和警察做了最坚实、最深厚的奠基。

三十多年后，已经从部队转业当了六年警察的吕建江在微博上写道："我也想到自己小的时候，十三岁时在离家50公里外的学校住校，却只有中间30公里通车，一个月休息两天，可以回家。有时为了省一毛钱车费，就提前下车，再步行5公里到学校；有时隔几天就少吃一顿饭，那是为了省一天三毛钱的伙食费。想想现在的生活，幸福啊。我常对自己说：对老百姓好点，都不容易，咱也是老百姓，必须的。"

在贫瘠的支沙口村，吕家又是生活最困难的，有时候甚至都揭不开锅。但是，这种贫困没能阻挡吕建江在人生道路上奋力前行的脚步，没能磨灭他心中努力向上的意志。

吕建江的小学老师张海义回忆说：

从小建江就特别懂事、上进、吃苦耐劳。他学习非常刻苦，成绩长期保持在班级前三名。更为难得的是，这孩子还特别有集体荣誉感，爱帮助不太上进的同学。学校组织的一些清扫卫生、捡麦穗之类的集体劳动，建江总是特别积极，每一次上交的麦穗也特别多。

"这孩子，将来一定能成材。"张海义不止一次对吕建江的父母说。

吕建江的中学同学张丽平回忆说：

该上初中了，村里没有中学，我们要到外面很远的地方去上学。求学之路很辛苦，我和建江要先走几十里山路，才能搭上汽车，下车后还要再步行几里路才能走到学校。

　　那时候俺俩都住校，每两个星期才能回一趟家。由于家里穷，早晚吃的是粗面窝窝头，中午才能吃上点儿馒头。有一次，我和建江从学校回家，途中错过了汽车，被困在了半路上。眼看着太阳快要落山了，这可怎么办？正在发愁时，遇到俺村的村主任外出路过这里，他给俺俩找了个借宿的地方。

　　那天由于要回家了，为了节省一点儿粮食，俺俩中午都没舍得吃饭。安顿下之后，我已经是饥肠辘辘了。这时，建江从书包里掏出一个白面馒头，递给我。当我伸手去接那个白馒头的时候，泪水就在眼眶里直打转儿。因为那时候的白馒头是很珍贵的食物，我非常清楚，这是建江攒了一个星期才省下来的馒头，他本来是想这次回家带给小弟弟解馋吃的，却毫不犹豫地分给我一个。

　　现在的一个馒头啥也不算，但那时候可是珍品啊！热心助人，这是建江的本色。到现在想起这事，那天建江递给我馒头的情形，仿佛是昨天刚发生的一样。

　　上到高中三年级的时候，建江的父亲突然去世了。他弟弟还小，母亲也有病在身，家里穷得已经负担不起两个孩子上学了。那时候，建江决定放弃高考，参军入伍。

　　听说建江不考大学，要参军去，我们同学、老师都觉得他挺可惜的。可是建江却说，这能为母亲减轻负担，也遂了儿时的一个心愿，挺好的。就这样，建江参了军。临走时，他还把高中课本装进背包里，他希望到部队继续复习，报考军校。

老师和同学虽然都为他感到惋惜，但也相信，不论到了哪里，吕建江都会很优秀。

乘着歌声的翅膀

"向前、向前、向前——我们的队伍向太阳，脚踏着祖国的大地，背负着民族的希望，我们是一支不可战胜的力量。我们是工农的子弟……"这是吕建江参军后学唱的第一首歌。

唱着雄壮的军歌，看着战友们激情洋溢的脸庞，走出太行大山的吕建江，浑身热血沸腾，迎来了一个崭新的人生。

入伍到军营，穿上绿军装，吕建江的心好几天都难以平静，他就像一只雄鹰飞上了蓝天，乘着歌声的翅膀，浑身有使不完的劲儿。

吕建江个头儿不高，圆脸小眼，憨厚朴实，战友们昵称他"小胖"。

别看他个儿矮体胖，跑得慢，说话慢，但他特别能吃苦，趴在泥水里，卧在冰雪中，苦练军事技能，队列、刺杀、投弹、射击等所有训练科目，科科优秀。他还爱学习，一有空就抱着书本学，领导和战友都喜欢他。

部队是座大熔炉，而新兵连则是第一次冶炼。吕建江这块来自太行山的"矿石"，经过熊熊烈焰的初炼，思想境界有了一次质的升华。

三个月后，新兵连集训顺利结束，吕建江下到了连队，开始了正规的部队生活。

当初，为了减轻家里的负担，也带着对部队朴素的向往，他走进了军营。经过新兵连的训练，他已经开始转变成一个真正的军人，并且心里有了更高的追求。

1990年，入伍不到两年，吕建江就被举荐为部队骨干，参加了全军院校统一招生考试。最终，他以所在部队第一名的成绩，考上了中国人民解放军第四军医大学。

接到录取通知书的那天，他跑到僻静的地方，向着太行山的方向，痛哭一场。或许是怀念早逝的父亲，或许是想念操劳的母亲，或许是想起儿时贫瘠的乡间山路，他自己也说不清为什么会泪流满面……

进入军医大学后，吕建江被编入了90级8班。

他非常珍惜这个难得的机会，学习起来极其刻苦用功。教材，别人看一遍，他就看两遍、三遍；操作，别人做两遍，他就做四遍、五遍；别人是把知识学会就行，他是要把知识学通才行。每到考试复习的时候，他还自告奋勇当起小教员，给大家画复习重点，解答疑难问题。这样，既帮助了同学，又提高了自己。

吕建江不仅学习成绩优秀，对班里的其他工作也很上心，只要是班里布置的任务，他都是冲在前、干在前，并且必须干好。

他这块太行山的"矿石"，在火红的炉膛里冶炼着，炼去了杂质，凝结了精华；他这个太行山的赤子，在军营里栉风沐雨，经霜历雪，茁壮着躯干，纯净着心灵。

入学第一年的元旦到了，学校要组织"迎新年、猜灯谜"活动，要求每个班制作一个彩灯。

当时马上就要期末考试了，大家都在忙着复习，参与这个活动的积极性都不高。但在吕建江的心里，集体荣誉任何时候都是第一位的。

他找到班长说："制作彩灯的任务让我来完成吧。"班长揽住吕建江的肩膀，使劲儿抱了抱，一句话也没说。

那天晚饭后，有个要好的同学去找吕建江，商量准备期末考试的事。推开活动室的门，只见吕建江一个人正在拿刀裁纸、埋头画图，专心地做着彩灯。

同学说："别人都忙着复习迎接期末考试，你还顾得上做彩灯啊？"

吕建江说："这是咱们班的任务，如果别的班都做了，咱们班做不出来，那多丢人啊！我挤时间做就行，不会耽误复习功课。"

夜深了，吕建江的身影映在窗户玻璃上，他还在为班里的荣誉忙碌着。一连三个晚上，宿舍的灯都熄灭了，只有活动室里的灯还亮着。

从彩灯的样式设计、准备材料到编扎加工，吕建江一个人完成了彩灯的全部制作工序。最终，他制作的彩灯因精巧别致、设计新颖，在评比中获了奖。而那次期末考试，吕建江的成绩依然名列前茅。

他们这一届学生有一百多人，说起军医大学里的吕建江，大家至今记忆犹新。

同学付云川回忆：

在大学读书时，小吕是一个不太爱说话的人，也不太爱交往，但是他的人缘却很好，给同学们的印象就是特别朴实、厚道、踏实，还特别爱动脑筋，喜欢钻研，大家都亲切地叫他"小胖"。

每到节假日，同学们大多都出去交友聚会了，他却在教室里复习功课。如果想休息一下，他就守着收音机听时事新闻，非常关心国家大事。

同学乔民回忆：

建江胖乎乎的，特爱笑，一笑眼睛就眯成了一条缝。他为人朴实，学习努力。

当时我们到医院实习，一站就是半天，而吕建江一站就是一天，中间他很少休息。

1992年暑假，同学们都回家了，他都没舍得回家，一是可以节省一些路费寄给母亲，还能多学一些医术，更好地帮助病人解除痛苦。

在军医大学，学校成了他的家，学习成了他的魂。他就像一块海绵，吸纳着知识，丰富着人生。

三年大学生活，吕建江学到了"救死扶伤"的本领，也升华了"一切为了人民"的思想。

1994年，吕建江光荣地加入了中国共产党。

我拿什么奉献给你

"白鸽奉献给蓝天，星光奉献给长夜，我拿什么奉献给你，我的小孩；雨季奉献给大地，岁月奉献给季节，我拿什么奉献给你，我的爹娘。我拿什么奉献给你，我不停地问，我不停地找，不停地想……"

那时候，吕建江特别喜欢听《奉献》这首歌。每当收音机里传来这歌声，他总会情不自禁地跟着哼唱。

奉献，他觉得这是人生最有价值的事情。

奉献，成了吕建江的一种习惯，这种习惯是他高尚人格最醒目的标记。

◎无助的女孩儿

大学的学习生活很快就到了实习期。

实习，这是从学生到医生的一场实战演练。吕建江非常期待这次实习，并用最朴实、最真挚的行动填写了这张试卷。

一天，有个女孩儿独自前来就诊。经过问询和一些必要的诊断，吕建江心中猛然一惊：眼前这个只有十五岁的女孩儿，已经怀孕六个多月了。这可怎么办哪？

面对眼前这个稚气未消的女孩儿，吕建江假装翻看各种检验单子，心里却快速地盘算着：用什么样的语气告诉女孩儿，才不至于刺激着她呢？

经过一番斟酌，当吕建江尽量平静地把这个结果说给女孩儿后，女孩儿神色骤变，嘴唇紧抿，眉头紧锁，一脸茫然，不知所措，两眼无助地望着吕建江。

吕建江一边安慰女孩儿，一边大致问清了事情的原委：女孩儿是因为在学校早恋才导致怀孕的。

吕建江语气和缓地对她说，你年纪这么小，如何处理这个事情，需要和你父母商量一下。

听到要和父母商量，女孩儿一下子慌了神，泪水夺眶而出，低下头一个劲儿地哭，其他啥话也不说了。

她一会儿蹲到地上，一会儿站起来，一会儿走到走廊里，情绪极不稳定。

吕建江看着眼前这个无助的女孩儿，就觉得她需要保护和帮助。

他担心女孩儿想不开，做出什么傻事，就寸步不离地陪着女孩儿说话，慢慢宽慰她，还生怕哪一句话说得不妥当，刺激着她，伤害了她。

吕建江语气轻缓，但脑子在飞速地转，揣度着女孩儿的心理，挑选着每一个词，斟酌着每一句话。

从上午9点一直到下午4点多，在长达七个小时的时间里，吕建江连一口水都没顾上喝，轻声细语地说，耐心周全地说，不厌其烦地说，呵护着她，温暖着她。

精诚所至，金石为开。女孩儿终于同意了，把父母的联系方式告诉了吕建江。

女孩儿的父母着急忙慌地赶了过来。不料，刚刚平静下来的场面再一次起了风暴。

父亲暴怒，抢掌就打。吕建江眼快手疾，抬臂挡住。母亲则抱着闺女，仰天大哭。

本来已经口干舌燥的吕建江，又开始做起了女孩儿父母的工作。他对那位父亲说，现在你打孩子也解决不了问题啊，我已经守了她一天，安慰了她一天，就怕她出什么意外，好不容易才平静了下来，如果你再逼她，她万一想不开，出了事儿，你不后悔呀？

经过一番劝说，女孩儿的父亲才止住了怒气，然后蹲在地上，抱头"呜呜"地哭起来。

在吕建江的劝说下，经过一番斟酌，一家人最终做出了决定：引产！

一个十五岁的女孩儿做引产，这要是传到学校去，她今后还怎么继续读书？她还怎么抬头做人？

为了尽量减少对女孩儿的心理影响，防止这事传到学校，在女孩儿实施了引产手术后，吕建江又去恳求妇产科医生，请他们给女孩儿开了一份诊断证明：因其他疾病需要卧床休息。这样也好让女孩儿到学校请假。

当吕建江把病休证明递给女孩儿的时候，女孩儿紧紧地抱住吕建江的胳膊，大哭不止。女孩儿的父母也是连连鞠躬，声声感谢。

望着远去的一家三口，吕建江深深地呼了一口气。此时，暮色已经降临，他拖着疲惫的双腿，饥肠辘辘地向食堂走去……

◎秦岭深处

大学生活结束了。毕业后，吕建江被分配到驻扎在秦岭山中的部队卫生所，成了一名军医。

部队卫生所在大山深处。从西安前往部队卫生所，长途汽车只通到镇上，还有几十里崎岖的山路，就是开车也要走一个多小时。

吕建江去部队报到那天，正是镇上大集的日子。他下了汽车，不知道怎么走，想找个人问一下。

忽然，他看见前面有一个穿军装的人走过来，于是就迎上前去问路。

没想到，这个军人正是他要报到的部队管理处的李根来，今天老李是来镇上银行办事的。

李根来从口音上听出，眼前这个年轻军人应该是河北人，经过询问，二人还真是河北老乡。

老李就问吕建江："你怎么不先跟单位打声招呼，也好派车来接你啊？"老李说："如果不是遇见我，剩下那几十里七扭八拐的山路你怎么走啊？说不定你还要在大山里迷路呢，你到哪里找去？"

吕建江憨笑着说："我就是不想给单位添麻烦。"

在去部队卫生所的路上，吕建江望着巍峨耸立的大山，忽然感到很亲切，就像回到了太行山的怀抱，回到了太行深处的支沙口村。此时他还不知道，未来他将在秦岭深处生活长达十一年的时间。

作为军医，吕建江平日里就在办公室为部队官兵诊疗，除了定期组织的巡诊，没要求下到基层去。

但人们时常会看到，吕军医背着药箱，穿梭在大山里，为官兵巡诊。无论白天还是夜晚，只要基层官兵有病了，他都是随叫随到，从不拖延，还亲自为战友们送药到床头。

秦岭深处，交通不便，经济落后，山民们缺医少药。吕建江看在眼里，就想起了早逝的父亲，想起了缺医少药的支沙口村。于是，他利用休息时间，背起药箱，挽起裤腿，拄一根木棍，沿着崎岖不平的山路，走进大山，走村串户，为山里的群众送医送药。

慢慢地，山里的百姓都喜欢上了这位说话先笑、办事牢靠、说几点到就几点到的"胖军医"。

山高路陡，一天走下来，吕建江走得脚都肿了，两条腿就像灌了铅，浑身就像散了架。但每次往回走时，山间就会回荡起吕建江的歌声："我是一个兵，爱国爱人民，革命战争考验了我，立场更坚定……"歌声飞上树梢，引得鸟儿啾啾和鸣；歌声飘落小溪，唤来浪花叮咚回声。每当这时，吕建江就陶醉在自己的歌声里，忘却了疲惫，只剩下欢畅。

一个冬夜，山里一位老人病重。老人的儿子一路小跑来到部队卫生所，喊醒了沉睡中的吕建江。简单询问了一下老人的病症，吕建江准备了一些药，背起药箱，就奔向了大山深处。

冬夜，山风呼啸，吹在脸上像刀割一样，他把皮帽子往下搂一搂，继续疾行。

忽然，一块石头绊住了双脚，吕建江"扑通"一声摔趴在地上，他"哎哟"一声，右脚踝钻心地疼。

老人的儿子赶紧把他扶住，说先坐下休息一下吧。吕建江说，我没事，赶紧走，说着就一瘸一拐继续向前赶路。老人的儿子感动得泪光闪闪。

经过一番抢救，老人终于转危为安，此时天刚蒙蒙亮。

老人拉着吕建江的手，边摇晃，边流泪。老人的儿子说："吕军医，您到我的屋里睡会儿吧，我给您做饭去。"

吕建江一边收拾药箱，一边说："不用了，我还得赶回部队出早操呢。"说罢，他背起药箱就走出了老人的家门。

老人的儿子站在门前，挥着手，喊了声"吕军医慢走"，就哽咽得说不出话了……

转过一座山，红彤彤的太阳从山顶露出了笑脸，灿烂的阳光照在身上，吕建江感到很温暖。他忽然想起在老家时早晨去上学的情景，走在太行山路上，初升的太阳也是这么红艳艳，也是这么暖洋洋……

2003年，"非典"疫情爆发，人人谈"非"色变，唯恐避之不及。

当时，吕建江已经是卫生所代理所长。在重大疫情面前，他不慌不乱，不等不靠，积极想办法，主动和退休的老所长一起研究防治药方，然后带人到县城买来药材，在食堂的大锅里为战士们熬煮防治"非典"的药汤。

每天开饭前，吕建江都要亲手给每人盛一碗，看着大家"咕咚咕咚"喝下去，他才放心。

部队驻地附近的大山里，不仅有村民，还有很多在山上开矿的外来人员，常住的和流动的人口有十多万，疫情防控难度很大。

吕建江主动找到地方卫生部门，协助他们做防疫工作。他设计制作了防治"非典"的宣传单、小卡片，带着卫生所的人员，爬遍了每一座山头，走遍了每一个村庄，做宣传，搞义诊，进行消毒。

他还联系了潼关电视台，每天播放防治"非典"的知识。一连几个月，吕建江熬红了双眼，磨破了双脚，直到疫情结束，部队和周边村镇没有出现一个"非典"病人。

年复一年，吕建江奔走在秦岭深处。部队官兵称赞他们的吕军医就像白求恩一样，对工作极其负责任；山里的老百姓则赞颂吕大夫，是华佗再世，大医仁心。

时间过得好快，不知不觉，吕建江已经在部队度过了十五个年头。十五年的熔炉冶炼，把这块太行山的"矿石"炼成了纯钢——锃锃亮亮，质坚品红。

在部队期间，他荣立个人三等功一次，两次荣获个人嘉奖。

吕建江爱军营，他原本打算在部队干一辈子。但2004年部队大裁军，他只好服从命令，脱下军装，转业回到了太行山下。

战友付云川回忆：

吕建江曾给我打电话说，他也不愿意离开部队，舍不得这身军装，离开部队后也不知道能干什么。

我说，你要是不愿意转业，就主动去找找领导，争取继续留在部队。

他沉默了一下，随即说，我不愿意给组织添麻烦，如果决定让我转业我就转业，到哪儿都是干党的工作，让我干什么就干什么吧。我还是那句话：革命战士像块砖，哪里需要哪里搬。

建江始终就是这样的人，心里只有工作，只有奉献，从不考虑个人得失。

第三章

留村的留念

2004年，吕建江从部队正营职、卫生所所长位置上转业，来到石家庄市公安局汇通派出所，成了一名普通民警。

面对从领导位置到普通一警的角色变化，他没有心理失衡、纠结失落，而是一如既往地报国为民、服务百姓。

冬夜阳台

完成从军人到警察的转变，要经过专门培训。于是，吕建江和同年转业到市公安局的战友们，来到了石家庄市警校。

在警校，吕建江的学习生活怎么样？

当笔者找到当时培训队队长李明川采访时，他沉默了一会儿，说："我就不讲吕建江是如何刻苦用功地学习了，我说一件小事，就足以体现吕建江是一个具有什么样品格的人。"

他们那批参加培训的军转干部共二十九人，分了三个班。

一天早上出操结束后，我到宿舍检查卫生。当来到吕建江所在班的宿舍时，我发现在阳台的地板上铺着一个床垫子。我心里有些纳闷：这大冬天的，把一个床垫铺在阳台上做什么？不会是有人故意找挨冻吧？

于是我就问："这是谁的？怎么把床垫放在阳台了？"

这时，吕建江有些不好意思地站出来说："队长，是我的。我晚上打呼噜，怕影响大家休息。"

原来，每天晚上睡觉时，吕建江就把床垫铺到阳台上，睡上一宿，等天亮了，他再把床垫铺回床上。那天他还没来得及搬床垫，才让我撞见了。

我心里很受感动。你想啊，大冬天的睡在阳台硬地板上，那该有多冷！可是，吕建江为了不影响别人，自己受冻也不怕。当时我就觉得，他是很为别人着想的人，是块当警察的好料子，也是一辈子可交的朋友。

有这种品格的人，他的学习精神就不用说了。

培训结束后，我和吕建江一起被分配到了汇通派出所，而且还住在同一个宿舍。我为有吕建江这样一个战友和朋友而自豪和骄傲。

辛勤的"蜜蜂"

参加完警校培训，吕建江来到汇通派出所，进行正式上岗前的实习。

带着吕建江实习的是李春明。虽然吕建江的年龄比李春明还要大几个月，但吕建江非常尊敬李春明，一直喊他"师傅"。于是，李春明也就一直叫他"小吕"。

在吕建江眼里，警察工作一切都是那么新鲜，那么有趣，那么有吸引力。他就像一只欢快的蜜蜂，辛勤地飞舞着，汲取着。

为了尽快完成身份转型，更好地适应公安工作，吕建江天天黏着李春明，走到哪里都追着。他跟师傅学习公安业务知识，学习群众工作方法，学习矛盾纠纷调解技巧。李春明至今对吕建江印象很深："小吕一方面跟着我学，一方面自己学，他很认真，很用心。"

2005年，吕建江正式上岗，成了负责留村社区的片警。

有件事，让李春明至今难忘：

一天，吕建江从留村社区回来，一脸懊悔，又有些沮丧。

他对我说："师傅，今天辖区有一个群众问了我一个问题，我却没有回答上来。唉，我太丢人了。"

我心里先是一惊：一个问题没回答出来，有那么丢人吗？转念我心里又是一喜：有这么强的责任心和荣誉感，这小子肯定能成为一个好警察。

从那之后，我发现吕建江对警察业务更用心了。

当时，吕建江的家住得离单位比较远。为了离单位近点儿，以便有更多时间跟着老民警多学习，他就在派出所旁边租了房子住。哪怕是晚上，只要所里有事，他总是随叫随到，毫不含糊。有时候下班晚了，吕建江就会对我说："师傅，走，到我家去，我给你做火锅吃。"

结果呢，到了他家，整顿饭的时间里，他句句话都不离工作，一会儿问："师傅，这事儿这样处理好不好？"一会儿又问："师傅，那事儿那样处理行不行？"我就给他开玩笑说："我这哪儿是来吃饭哪？是加班来了。"

我至今都记得，吕建江当时给我念叨的一句话："师傅，老百姓问咱，是信任咱，咱得好好学。"

灵感：外挂"副大脑"

当时的留村，是个治安环境较差的城中村，居住着两千八百六十三户人家，有两万多人，流动人员很多，社会环境复杂。

作为留村社区的片警，吕建江吃饭睡觉都在琢磨：怎样才能把工作开展好？怎么才能把社区治理好？

"片警片警，先得把这一'片'的情况摸清，然后才有'警'可说。"吕建江这样想。于是，他首先从摸"片情"着手，开始了他的片警生涯。

片区治理，关键是人。要摸清"片情"，最基础的是要摸清人员情况。

可是，两万多人口，人人各异，千变万化，片警的脑子再好使，海量的信息也记不住哇。吕建江想，能不能给我的大脑外挂一个"副大脑"啊？就像电脑的外置硬盘，专门存贮人员资料。

"灵感！绝对的灵感！"吕建江抬手拍了一下脑袋，"对！自己编写一个系统，建一个'片情信息库'，用信息化手段处理人员信息！"想到这里，吕建江得意地笑了，两只笑眯眯的小眼睛，就像用记号笔在蛋壳上画出的两条弧线。

世上的事，总是说来容易做来难。这个外置"副大脑"，可不是那么好"挂"的。

然而，对于倔强、善学、爱钻、能做的吕建江来说，他认定一个理："世上无难事，只要肯登攀。"

　　接下来的日子里，他把全部心思都投到建立"片情信息库"上了。

　　要建这个信息库，首先要从收集"片情"着手。

　　早晨，他比以往起得更早了：他背着一个小挎包，里面装着绘制好的各种登记表，走大街，串小巷，一步步丈量着留村每一寸土地，描画着村容村貌；他走近每一个常住村民、暂住人员，问询着相关情况，记录着每一个人员的资料；他叩开每一家大门，认真聆听每一句有用的话，了解辖区治安问题以及村里存在的主要矛盾；他掏出小本子，记录下每一个细节，然后分析加工成有用的数据，累积着、构建着庞大的数据库。

　　晚上，他睡得比以往更晚了：他从军十五年，干了十一年内科医生，对电脑编程完全是个外行。要把外行变成内行，吕建江自己想来也是"道阻且长"啊。

　　可他偏偏一次次默念小时候听到的那个故事："只要功夫深，铁杵磨成针！"

　　他一头钻进数据堆里，一边翻看有关书籍，现学现用；一边把白天采集来的人员信息，一个字一个字地输到电脑里。

　　夜以继日，日以继夜，艰苦奋战，攻坚克难，他用了半年时间，"留村信息库"电子系统终于大功告成！

打开"留村信息库"，就像走进了一个井然有序的图书馆，过去那些纷繁庞杂的信息，如今变得井井有条，一目了然：片区的每条街道、每个沿街门店、每家每户的基本情况、人员交往情况、联系方式、实地照片、人员照片等，全部分门别类地汇聚在了系统中。

"留村信息库"不仅信息丰富，还对片警工作大有裨益：哪里有案件发生了，直接到信息库分类检索，就能准确及时安排布控；就连谁家的灭火器到期该换了这种小事，信息库也都标记了出来，到时候可以直接给当事人打电话提醒。

此后，吕建江走到哪里，都要背着存有"留村信息库"的笔记本电脑。有时候，他走在大街上，忽然想起了某件事情，于是就坐在路边，打开电脑，熟练地翻阅起来。他说，我这叫"运筹大街当中，决胜留村之内"。自言自语说罢，他左右看看，见没人注意他，于是"嘿嘿"一笑，就又埋头钻进了"片情信息库"中……

"小片警"·"吕村长"

"片警"，是群众对负责辖区民警的一种昵称。

"片警"职务很低，权力不大，但工作职责范围却很广，涉及辖区百姓的衣食住行、吃喝拉撒、生老病死等方方面面，名为"小片警"，实则"大管家"。

有个网友专门写诗赞颂片警：

无论是炎炎夏日，还是雨暴风狂；

无论是下水道堵塞，还是漏水冲了墙；

无论是孩子哭着喊娘，还是丢失了钥匙，或者在异乡流浪；

群众的啥事儿，都是片警的大事儿；

片警就是您家里的人，群众就是咱的爹和娘。

您若需要帮一个忙，放心，这个忙片警一定会帮……

吕建江，就是这样一个"小片警"。

◎特殊的修炼

在吕建江的日常工作中，调解民事纠纷占很大比重。

对他这个干了十一年军医的"老转"来说，一开始那真是既隔行又隔山，一点儿也摸不着门道，这让吕建江很苦闷。并且，做民事调解工作还得有一张巧舌利嘴，这对性格内向、不善言谈的吕建江来说，更是一道难关！

刚开始调解民事纠纷，嘴笨语拙的吕建江开口没说两句话，就让事主给怼了回来，弄得他脸红脖子粗，真没面子！

但是，寡言少语的吕建江，却有倔强和不服输的脾气。

"不就是嘴笨吗？不就是多说话、会说话吗？难道比学外语还难吗？难道比给人治病还难吗？我就不信这个邪！"他下定决心，重新"学说话"。

俗话说，江山易改，禀性难移。要想在三十五岁的年纪再改变自己"不善言谈"的性格，并非易事。

但是，倔强的吕建江下定决心：再难的关口也要攻克。

于是，吕建江开始了一场特殊的修炼。

为了练说话，吕建江在警务室的墙上专门挂了一面镜子，没人的时候就对着镜子，盯着自己的眼睛，大声背诵唐诗宋词，朗读报纸文章。

后来，吕建江又想到，做调解就是和人进行对话，这样单纯的背诵朗读，与对话还是有距离。于是，他又找来一些影视剧本，让自己变成里面的角色，变换着不同声音，进行对话练习。

再后来，吕建江又练上了绕口令："八百标兵奔北坡，炮兵并排北边跑，炮兵怕把标兵碰，标兵怕碰炮兵炮……"

有时候，吕建江在睡梦中还在练说话，把妻子都吵醒了。妻子推他一把，说："你这是要考播音员呐？"吕建江迷迷糊糊地说："考社区播音员！"

在室内练了一段时间，吕建江就把说话练习场搬到了室外，走到了百姓中。

每天他一到留村，就专门往人堆里扎，哪里人多往哪儿挤，哪里热闹往哪儿凑。并且，不管遇见谁都先打招呼，看见谁闲着就拉住人家聊天。这样不仅能练嘴皮子，还有一个额外的收获，能了解很多社情民意！

慢慢地，吕建江变了：走到大街上，嘴里的话多了，脸上的笑更多了，见着岁数大的就喊大娘、喊大伯，见着年轻点儿的就喊大姐、喊老哥，见着比自己岁数小的就喊兄弟、喊妹子，直喊得人们耳顺心喜，如沐春风。

为了练说话，吕建江还养成了一个习惯：不管到了谁家，都要先把自己介绍一遍，还生怕群众记不住，临走再发一张自己制作的"警民联系卡"，并且嘱咐大家："有事就给我打电话。"

经过一段时间的自觉主动锻炼，吕建江的说话能力、表达能力都大有长进。后来，让他自己都没想到的是，他这个原本拙舌笨嘴的人，竟成了远近闻名的"吕叨叨"。

◎杏花雨，杨柳风

吕建江感到，做民事调解，仅"能说话"还不行，还得"会说话"才行。

常言说"清官难断家务事"，任何一个纠纷，总是公说公有理、婆说婆有理，各执一词，互不相让。而调解民事纠纷，不像法院判案子，不能一锤定音，需要解开疙瘩，让纠纷双方都心情舒畅，握手言和，长久和睦相处，这才是民事调解的高标准。吕建江懂得，要达到这个高标准，在调解纠纷时，只讲理不行，还要讲情；一本正经不行，还要态度和蔼，注意方式方法。

吕建江非常喜欢一句古诗："沾衣欲湿杏花雨，吹面不寒杨柳风。"他觉得，和群众打交道，片警的行为就得像杏花雨一样滋润人的心田，片警的话语就得像杨柳风一样吹展人们脸上的愁容。

他还总结出了调解纠纷"六到位"工作法，即：调查取证要到位，法律条文用到位，思想工作做到位，调解后果想到位，防范教育讲到位，后期关注做到位。

为此，他在留村社区警务室专门设置了民事纠纷调解室。

那些日子，留村的群众天天都会看到这个矮墩墩、胖乎乎、笑眯眯的小片警，走街过巷，走家串户，和这个说说，跟那个聊聊。

一年到头，吕建江总是穿着那条宽腿大裆的警裤，由于走路太多，裤脚边上都磨开了花儿。

虽然在部队十几年，但吕建江还是乡音未改，很多天南海北外来的人，有时候听不明白他的家乡话。

为了让人都能听明白自己说的是啥，他就努力学说普通话。学了一阵子，但一开口，嘴里的普通话还是浓浓的"井陉味儿"。

并且，每当他"叨叨"得时间长了，两个嘴角还总积着一小撮唾沫，他自己都觉得自己还是一身的"土气"。

吕建江的衣着、话语虽然很"土"，但群众看着他却很亲。

2007年的一天，吕建江接到报警：东平小区有人打架。吕建江赶紧跑了过去。

原来是两家邻居起了纠纷。老大爷八十二岁，老大娘七十八岁，两个耄耋老人，因为一点儿小事，怒动干戈。

老大爷抢起拐杖，"噼里啪啦"就把老大娘家阳台的玻璃打碎了一地。

老大娘身手不行，就气冲冲打电话喊来了儿女增援。

老大爷见状，也把儿子姑爷一并招呼来了。

于是，两军对峙，剑拔弩张，引得众人围观。若不尽快处置，双方大打出手，后果不堪设想。

吕建江见势不妙，奋力挤到对垒两军中间，先是严厉地高喝一声："息怒！"随即笑容满面，把双方子女叫到一边，动之以情，晓之以理，叨叨了老半天，总算平息了双方的怒火。

但接下来的事儿就难办了：那边老大娘提出，老大爷必须把玻璃给安上，并且还要赔礼道歉。老大爷这边却把脖子一梗，坚决不答应。

为了防止怒火重燃，吕建江劝说两方，先各自回家，余事另谈。

随后，吕建江开始来来回回到两位老人家里做工作。他始终是脸上堆笑，嘴巴抹蜜，陪着两位老人拉家常，讲古人"六尺巷"的故事，说"千年邻居，万年街坊"的道理，直说得两位老人的心气慢慢地平和了下来。

可是，老大娘还是坚持要老大爷给安玻璃。

让一位八十二岁的老人低下头给对方安玻璃，也不现实。

怎么办？吕建江有办法。

他从一处拆迁工地找了两块玻璃，亲手给老大娘安了上去，并且擦拭得干干净净，一尘不染。老大娘这才心理平衡了，也给了老大爷一个台阶下，这场纠纷终于画上了圆满的句号。

2008年夏天，吕建江接到群众报警说，塔谈村有人打架。他急赴现场，了解情况。原来是一对亲兄妹，因为家里拆迁分房的事，大打出手了。

他让双方各自退避三舍，随后分别谈话，寻找化解纠纷的切入点。

吕建江常说，要调解好矛盾纠纷，自己首先要做到心中有数，兵法上不是说"知己知彼，百战不殆"吗？

他先走访了街坊邻居，摸清了这对兄妹的情况。

妹妹比较爱面子，孩子高中毕业想当兵。

于是，吕建江先做妹妹的工作，给她讲法律、叙亲情，说为了这点儿事闹得不可开交的，影响多不好。孩子都这么大了，街坊邻居议论起来，让孩子的脸往哪儿放？再说了，要是真打出了伤残，还会影响孩子当兵呢，这要耽误孩子一辈子的前程啊。妹妹听了，觉得有理，心里的气也就先消了一大半。

吕建江转身又去给哥哥做工作：一母同胞，亲情无价，你当哥哥的要照顾妹妹一下，你当男人的要有胸怀和气度，妹妹都让步了，你怎么就不能呢？吕建江情理交融一番话，让哥哥也消了气，低了头。

最后，兄妹俩各退一步，握手言和，重拾亲情，至今仍是和和睦睦一家人。

2010年6月的一个下午，老高的孙子在菜地里被一条狼狗咬伤了腿，他怀疑是老杨家的狗咬的。

老杨一听就急了："凭啥说是我家狗咬的？你哪只眼睛

看见了？你有啥证据？"

老高一听这话，"嚯"地一下就跳了起来："我怎么不说是别人家的狗咬的？就是你家的狗咬的！你要是不出两千块钱医药费，我跟你没完！"

老高和老杨像是一对斗鸡，脸红脖子粗地大吵了一通，就怒气冲冲地找到了村委会，结果村委会没调解下来。

老高愤然而去，到社区警务室找到了吕建江。

吕建江见老高又气愤又伤心，就劝他先消消气，泻泻火，说，我这就去找老杨。

他顶着毒辣辣的日头，急匆匆跑到村南头老杨家里，不料老杨去菜地了，他又满头大汗地追到菜地。

没等他开口，老杨就愤愤不平起来："说我家狗咬的，拿出证据来我全部负责，不然爱上哪儿告上哪儿告去。"

吕建江也不着急，就地坐下来，开始耐心给老杨讲法律上关于养狗的规定，讲邻里关系，讲村规民俗。

几个小时过去了，被烈日晒得满脸通红的老杨，只是蹲在地上"吧嗒吧嗒"抽烟，还是没松口。

吕建江已是汗流浃背，口干舌燥，可菜地里只有烈日，没有水喝。

真心需要时间，耐心更需要时间。吕建江还是苦口婆心地劝说。眼看着日头挨着了山头，天快黑了，老杨才铁着脸说了一句话："明天俺去警务室找你吧。"

看来，这事儿还没完。

第二天，老杨阴沉着脸来到了警务室。吕建江先给他倒了一杯水，又把凳子向前挪了挪，挨近老杨，再一次和他促膝长谈。吕建江使出浑身的本事，叨叨了好长时间，老杨的态度才稍有转变。

接下来的几天，吕建江前前后后到老杨家里去了五六次，又找到菜地两三次，每一次都是笑眯眯，情深深，循循善诱，嘴里的话如春风拂柳，讲出的理像春雨润物，那份"铁棒磨针"的韧劲儿，你不服不行。

老杨万万没有想到，眼前这个矮墩墩胖乎乎的小片警，竟有这么大的耐心。他被感动了。终于，老杨紧紧握住吕建江的手说："老弟，俺听你的。"

在做老杨工作的同时，吕建江也是以同样的耐心做着老高的工作。终于，老高也被感动了。他对吕建江说，就凭你的工作态度，我也不要老杨的赔偿了，他家里条件也不好，他只要给我赔个不是就行了。

最后，老杨和老高当着吕建江的面达成了和解。

原本一场极有可能升级到暴力冲突的纠纷，吕建江靠着两条不知劳累的腿，凭着一张充满爱心和耐心的嘴，最终春风融冰，化水涓涓……

◎ 含泪的眼睛

留村社区住着一家外来户，户主是刘老四。他左腿做过多次手术，欠下医疗费五万多元。媳妇常年有病，女儿正上小学，穿衣吃饭都成了问题。刘老四感到生活无望，想走绝路。

吕建江在登门家访时，得知了刘老四这个情况，马上自掏腰包，买来米面油等生活必需品，给刘老四送到了家里。

然后，他坐在刘老四的床边，劝慰、鼓励了老半天，说："你不能走绝路，你得为媳妇和孩子着想，你走了，媳妇孩子咋办？有困难咱想办法克服，我来帮你。"

根据刘老四的实际情况，吕建江经过一番斟酌，拿出六百块钱，给刘老四买了一辆二手电动三轮车，让他收废品，这样就保证他有了一份固定的收入。

从那以后，刘老四鼓起了生活的勇气，一家人开始了新的生活。

刘老四常常在大街上指着吕建江对别人说："这个小吕，俺的恩人。"

说罢，刘老四就用衣袖不停地擦起眼泪来……

冬夜，吕建江和师傅李春明值班，来了警情。

吕建江说："师傅，我去出警，你在单位守着吧。"说罢就匆匆去了。

一个多小时过去了，还不见吕建江回来。李春明心里想："小吕是个新警，别出啥事吧？"他随即给吕建江打了电话。

原来，辖区一个独栋宿舍居民家的暖气管爆裂了，家里只有老太太和小孙女，东西都给淹了，吕建江正在帮她们从屋里往外舀水呢。

李春明赶紧过去了。还没进门，就看见热水横流，屋里屋外一片白雾腾腾，只是不见吕建江。他高喊"小吕，小吕！"

这时，吕建江从白雾里钻了出来，只见他穿着单薄的衣裤，手里拿着脸盆，全身湿透，满脸大汗。

"你的棉衣棉裤呢？"

"湿了，碍事，脱了。"

李春明心疼不已，就和吕建江一起舀起水来。

按理说，吕建江已经通知了热力部门，等着维修人员就行了。可他为老人着急，担心积水把老人的家具物品给淹了，所以在维修人员到来之前，他就一盆盆往外舀水。

寒冬单衣，满头大汗，毫无怨言。李春明心想：有人说我的徒弟有点"傻气"，但他这份"傻气"，正是一个好警察需要有的优秀品格，他做得好！

热力抢修人员终于来了。由于是老旧小区，管件生锈，关上阀门都难。在他们师徒二人的帮助下，众人几经折腾，终于把漏水的地方修好了。

老太太拉着师徒二人的手，嘴唇颤抖，含泪道谢。

那年夏季的一天，已经下了三天的雨依然越下越急。

到了深夜，留村一家养羊专业户的羊圈被大雨泡塌了，二十多只羊趁着大雨越圈逃窜。

如果这些羊丢了，可是几万元的损失！羊主人奋力去追，但追了这只追不了那只，面对冒雨逃散的羊群，急得抓耳挠腮，但却束手无策。

忽然，他想起了吕警官来家走访时留下的"警民联系卡"，就试着拨电话求助。

吕建江接到电话，翻身起床，穿上雨衣，拿上手电，骑着自行车就飞赶过去。

他一边骑车，一边打电话通知治保队成员紧急行动，前来追羊。

吕建江赶到了，事主正在院子里拼命围堵着剩下的三只羊，其余众羊都冒雨往宫家庄方向跑散了。

此时治保队员也赶来了，吕建江急令：追羊！

天黑雨大，道路泥泞。吕建江骑车太快，人仰车翻了好几次，浑身上下成了泥猴。渐渐地，听见羊叫了，他扔车在地，和队员一起，开始了"雨夜抓羊"的战斗。

那羊群机警狡猾得很，岂甘束腿待捉。大雨滂沱中，众羊东蹿西跳，犹如泥鳅，人捉羊躲，双方展开了一场泥水大战。好不容易捉住一只，一不小心又被它挣脱了，其他的羊就往更远的地方逃窜，吕建江带着队员继续追。

就这样，吕建江和队员们冒着大雨，从深夜一直折腾到第二天下午，足足和羊群大战了近十个小时，才把越圈逃窜的羊群全部捉拿归圈。

养羊户感动得不知道说啥好，跑到屋里拿出两千块钱，硬往吕建江的口袋里塞，说："请大家吃顿饭吧。"

吕建江拍拍他的肩膀说："老哥哥，这钱你还是留着修羊圈吧。"说着，抹了一把脸上的泥水，带着队员们就走了。

养羊户手里拿着钱，眼里含着泪，在门口看着他们远去的背影，站了好久好久……

◎ "留村之最"

在留村，人们天天都能看到吕建江的身影。两万多名群众，人人都能随时找到他帮忙。

居民有人中煤气了找他，孤寡老人房子漏雨了找他，两家人因为宅基地起纠纷也找他，两口子吵架了找他，有人丢失物品了找他……没过多长时间，吕建江就成了留村百姓最信赖的人、最可爱的人、最离不开的人。

吕建江用对百姓的大爱写下的"留村之最"，成为留村历史上最闪亮的一页。

芸芸几万人，天天有事情，有些工作很难做，吕建江也受过不少委屈。

一天，辖区发生一起入室盗窃案。吕建江前去调查时，事主心里不痛快，就冲着他一通抱怨："留村有片警，咋还有小偷啊？"吕建江只能连忙道歉："是我工作没做好，抱歉抱歉！"

一天中午，两家居民打起架来。

吕建江闻讯赶到，刚要开口劝说，怒火正旺的甲方就开始骂吕建江收了乙方的钱，是来拉偏架的！

吕建江被骂得愣住了，一头雾水。

这时，乙方也冲上前来，大骂甲方血口喷人，不得好死。

眼看着双方又要大打出手，吕建江赶紧挡在中间，止怒灭火。

吕建江心平气和地对甲方说："老哥，你要真认为我收了乙方的钱，是来拉偏架的，我这就陪着你去派出所找领导告我的状，好吗？"

甲方把手一挥说，我现在没力气跑那个腿。

吕建江说，好，等你有力气了，随时可以去所里反映问题。现在咱先说眼前的事吧。

问清了这次矛盾纠纷的原因，一直调解到天黑，吕建江才拖着疲惫的双腿向家走。

回到家里，他对着妻子委屈得直抹眼泪。妻子问他怎么了，他说："没事没事。"第二天一大早，吕建江又走进了留村百姓中。

片警工作，既有婆婆妈妈的琐碎，也有惊心动魄的时刻。每当遇到危险，吕建江总是第一个冲上前去，英勇无畏，置生死于度外。

2008年的一个夏夜，吕建江获悉，一个有故意伤害罪前科的犯罪嫌疑人，藏匿在某民居二楼出租屋。

吕建江和同事岳战辉带领协警前去执行抓捕任务。

到了犯罪嫌疑人藏匿的出租屋门前，吕建江机警地往门缝里倒了一脸盆水，敲门说"跑水了，跑水了，快开门！"待嫌疑人打开门时，他把同事推到身后，自己第一个冲进屋里，迅速勒住了犯罪嫌疑人的脖子，众人很快就将那个魁梧高大的嫌疑人制伏。随即，在嫌疑人床铺下搜出好几把闪着寒光的大砍刀，真是危险。

当上片警之后，吕建江还养成了一个习惯：走访群众的时候，他都要随身背个挎包，里面装着两件"宝物"：一件是听诊器，一件是血压计。他要发挥自己十一年军医的特长，为父老乡亲的身体健康服务。

他看见谁的气色不好，就主动给人家摸摸脉搏，看看舌苔，量量血压。大家都说，吕警官都成了咱们的保健医生了！

那天，吕建江在村里巡逻，发现一个老人坐在路边，脸色很难看，就上前询问。老人说，我有些头晕。吕建江从挎包里掏出血压计，给老人一量，血压高得厉害。吕建江说，老人家，您的血压太高了，坐在这里千万别动。随即，他跑到一个菜摊那里，借来一辆三轮车，把老人扶上去坐好，然后骑着三轮把老人拉到了卫生院，及时进行了治疗。

老人的子女赶来后，拉着吕建江非要去饭店请他吃饭。吕建江说："没必要，没必要，今后你们能好好照顾老人，我就满意了。"说罢，骑上三轮车就走了。

看着吕建江远去的身影，老人对子女说，你们也要向吕警官学习，多做好事啊！

日子一天天过着，脚步一天天走着，不知不觉间，吕建江这个"小片警"就成了留村社区的活地图、记事本和大管家，完完全全融入留村，村里人没有不认识他的，他成了留村百姓最离不开的人。

留村人一开始都喊他"吕警官"，但到后来都喊他"吕村长"了。

一个称呼的变化，听得出百姓对他有多亲。

由于工作成绩突出，2010年吕建江被任命为汇通派出所副所长。

听说吕建江要调走了，留村百姓含泪不舍，执手相送，挥手相别，眷念深深……

　　离开留村后，吕建江还是牵挂着留村，想念着留村百姓，他时常去留村转转。留村人一看见吕建江，老远就打招呼："吕村长来了！"

　　这时，吕建江招手微笑，心里甜甜的。

第四章
安建桥下

  2011年7月8日，一百一十座综合警务服务站在石家庄市区正式运行，两千六百四十名民警和协警驻守在石家庄街头，构筑起五分钟警务圈，实现了"全时空打击犯罪，零距离服务群众"的目标功能。

  2011年9月9日，吕建江被任命为安建桥综合警务服务站主任。

  上任那天，他站在离警务站很远的地方，望着"安建桥综合警务服务站"这十个洁白醒目的大字，端详了老半天。他在心里牢牢地记住了其中的四个关键字："综合""服务"。这四个关键字，成了他的座右铭。

吕建江是这样理解这四个字的：

综合——凡是群众的事，不管西瓜芝麻，不管分内分外，全要管，不推不拖，不等不靠，尽全部力量去办。

服务——民警是为人民办事的，办事要有爱心、真心和信心，不管白天黑夜，有求必应，有难必帮，积极主动，不等不靠，毫不懈怠。

安建桥下，吕建江心中时常牵挂着百姓的幸福，服务着百姓的安宁。

他怀着赤子之心，奉献着火一样的热情；他迈着坚定的步履，走过春夏秋冬。守望平安，服务人民，好男儿铁骨柔情，好民警坚守忠诚。

他用一身藏蓝警服，描绘着心中神圣的图景；他用无怨无悔的付出，诠释着生命的真谛，演绎着精彩的人生。

为你风露立中宵

　　安建桥综合警务服务站，共有十二名民警和十二名协警，民警中论年纪吕建江最大，他矮矮胖胖，憨厚朴实，脸上总是笑眯眯的，一眼望去就给人和蔼可亲的印象，大家都爱喊他"吕哥"。

　　警务站管辖的区域属于老城区，老旧小区多，小街小巷多，是案件多发地。为保一方平安，吕建江带班巡逻时，要把辖区的每一条街道、每一个角落都走遍。

　　有人说，吕哥，你这样巡逻也太辛苦了。

　　他说，咱警察是百姓的"守护神"，咱们的车辙和脚印是小区的"镇宅石"，再辛苦也要为百姓守候平安。

　　巧合的是，辖区里面就有一个"平安小区"，里面全是20世纪80年代的老房子，有三十三栋楼、一千七百零二户，但却没物业、没门卫，租住户多，人员复杂，流动性强，安全隐患大。有一段时间，溜门撬锁、翻爬阳台等盗窃案件时有发生，居民们自嘲说"平安小区不平安"。

　　听到这话，吕建江心中不安起来。

　　此后，只要天一黑，他就开上警车亮起警灯，在小区来回转。遇到车开不过去的小胡同，他就徒步巡逻，经常巡逻到凌晨两三点。他说，老百姓看到咱就觉得安全，不法之徒看到咱就觉得害怕，只要警灯在路上闪着，咱在小区转着，小偷他就不敢来，老百姓就能睡个安稳觉。

吕建江还做出决定：每天中午至少巡逻两圈，凌晨至少巡逻三圈。每个班是怎么巡逻的，走了哪些路段，都要在工作日志上写清楚，少巡一圈、少走一步都不行，必须把案件多发的势头打下去。

一天夜巡时，在平安小区抓住了一名盗贼，从他背包里搜出了相机、手机、名表和现金，并查获两把管制刀具。经过进一步讯问，这盗贼交代，他刚刚砸了汽车玻璃，盗窃了车里财物，近期他在市内用同样手段作案十余起，盗窃财物价值五万多元。

抓了个盗窃老手，吕建江没高兴起来。他对同事们说："再好的刀伤药也不如不拉口子，破案多不如发案少！所以，还得做好安全防范！"

他和社区民警一道，协调小区管理部门，让他们承担起治安环境治理的责任，关闭了部分出入口，架设起视频监控探头，配齐了门卫力量，还宣传发动低楼层居民安装防盗网，小区明锁全部更换暗锁……

经过一番综合整治，小区发案率直线下降，平安小区终于"平安"了。

解开"死疙瘩"

安建桥警务站辖区内有座加油站。按照规定，没有警方允许，加油站绝对不能出售散装汽油。

可是，有时候市民的车跑到半路没有油了，司机就必须购买散装汽油。

就这样，"硬性"制度规定和百姓的"刚需"之间，就发生了"硬碰硬"的矛盾。

为这事儿，加油站的工作人员和前来购买散装汽油的司机经常吵架。

一边儿是坚决执行规定：不能卖！我要是卖给你，我的工作就丢了！

一边儿是怒气冲冲高声喊：必须卖！你要是不卖给我，我的汽车就"趴窝"了！

双方都在使劲儿"拽"，于是就结出了一个"死疙瘩"。

你说咋办？众人摇头，一脸无奈。

这事儿让吕建江知道了。

按说这不是他分内的事儿，可以不管。但是，他不能不管，因为他记得"综合"与"服务"这四个字。

吕建江走访了加油站之后，心里就有了解开这个"死疙瘩"的办法。他对加油站的人说，今后凡是遇到前来购买散装汽油的，你们就通知我好了！

加油站的人一愣，心想：你有啥办法？

好像是要故意考验吕建江，他刚离开加油站，就有一个因缺油抛锚的车主前来买散装汽油。于是，加油站的人就打电话告诉了吕建江。他们心想，倒要看看你有啥办法。

很快，吕建江开着警车过来了。只见他手里提着一个小油桶，问清情况后，就按车主要求的数量灌上了汽油，车主付过钱之后，他开车拉上车主，把汽油送了过去，并亲手加到汽车油箱里。

有了油，"趴窝"的汽车又活蹦乱跳地跑了起来，车主高兴地向吕建江挥手致意，吕建江开心地挥手微笑。

啊！原来是这样！"死疙瘩"解开了，加油站的人个个竖起大拇指！

吕建江说："作为一个公务人员，你只要真心想为群众办事，群众那些感到很难办的事，其实很容易解决；如果你不想为群众办事，再容易的事，群众办起来也会很难，甚至根本就办不成。有没有为百姓办事的真心，这是检验我们人民警察合格不合格的'试金石'。"

吕建江干事，不分大小事，在他眼里，凡是涉及群众利益的事都是大事。

贺权曾是吕建江的"徒弟"，2013年在警务站当辅警。

"以前夜班跟师傅巡逻，很多路段走过一遍没发现什么问题，师傅仍会严格按照要求来回走几遍。"当贺权说少走几趟也行时，吕建江说："事情是大是小，就看你怎么对待它。你把它当成大事它就是大事，你觉得是小事它就成了小事。每天按要求认真做事，成了习惯，事情坚持起来也就不难了。"

贺权说："师傅把每一件小事当大事，是因为他心里装着老百姓。"

正是通过一件件纤若微尘的小事，吕建江把对老百姓的那个"爱"字，书写得闪闪发光。

爱的"天平"

街头警务站，公安工作的露天平台，人民警察最贴近百姓的岗位。

"有困难，找警察。"当这句话成了中国百姓的口头语的时候，街头警务站就成了这句话的"检测台"。

2013年1月23日，大雪覆盖着石家庄的街巷，天寒地冻，路上结着厚厚的冰，湿滑难行。

凌晨2时许，建胜路一个小区有位孕妇在娘家住着，突然破了羊水，即将生产，情况危急。当时丈夫不在身边，陪着她的只有父母两位老人。

老父亲跑着来到街边，想要拦一辆出租车，赶紧把女儿送到医院去。但寒冬雪夜，大街上空荡荡的，只有北风卷起的雪花，根本看不见出租车的踪影。老人站在寒风呼啸的街边，急得跺脚搓手，后背都出汗了。怎么办？怎么办？

突然，老人想到了向警察求助。

正在路上巡逻的吕建江接到同事的电话：有位孕妇羊水破了，急需送往医院，但打不上出租车，紧急求助。

吕建江立刻调转车头，赶到孕妇家里。

床上，孕妇疼得不停地哭，旁边的两位老人束手无策，急得团团转。

吕建江说："别怕，有我呢。"他和两位老人一起把孕妇搀下楼，扶到警车上。警车紧急启动。

雪夜路滑，雾又很大，为了保证孕妇安全，吕建江不敢把车开得太快；但孕妇即将生产，时间分秒必争，又不能开得太慢。吕建江心里那个急啊，头上汗津津，手心湿漉漉，他瞪大双眼，仔细辨识着路面，在确保行车安全的前提下，尽量加速，加速……

只用了不到十分钟，吕建江就安全地把警车停在了河北医科大学第一医院楼下。

这时，孕妇的丈夫也已赶到了医院。当他看到妻子被警车安全送来时，一边搀扶妻子，一边鞠躬道谢。

吕建江抹了一把额头上的汗，看着孕妇被医护人员接去，深深呼了一口气，悄然离开了。

第二天，吕建江在网上看到石家庄一家媒体报道了这件事，得知那位孕妇生下一名女婴，母女平安，他心里非常欣慰。

在这条消息下面，很多网友点赞、好评。网友"布谷婴夏"说："好样的！当孩子长大了，妈妈讲给宝贝听的时候，宝贝会是什么样的感受呢？是不是觉得警察叔叔很有爱心呀！"

"这就是件小事！"看到网友的赞誉，吕建江不好意思地说。

但对孕妇一家来说，这是天大的事。

大事与小事的界定，全凭一颗爱心；小事与大事的视角，全凭一双慧眼。在吕建江爱心的天平上，自己永远很轻很轻，而百姓永远很重很重。

一个红苹果

一个夏日的中午，天阴沉沉的，吕建江接到电话，有位老人迷路了。

他马上前去，把老人搀扶上了警车。

老人说，我要去白佛客运站坐长途车，你送我到公交站就行了。

吕建江见老人肩背大包小包，手里还提着一个陶缸，就问她，您有坐公交的零钱吗？老人说没有。吕建江掏出五枚一元钱的硬币，递给老人。

细心的吕建江从老人的话语里，感觉老人好像有点儿智障。这么大年纪了，自己换乘肯定不行，要是再走丢了呢？于是他决定，直接送老人去白佛客运站。

快到白佛客运站的时候，老人却突然说，我不在这里坐车了，我家就在东边，一直往东走吧。

这时，一声响雷过后，大雨骤降。吕建江专注地开着车，冒雨向东走。

可是，向东走了好远好远，也不见老人反应。

吕建江就问老人，您家在哪儿啊？

老人说，还往东走。

每到一个路口，吕建江就问，是不是这里？老人摇头。

走啊走啊，走了很久，还是不到。

一路走一路问，又走了一个小时。吕建江问老人，还往东走吗？老人说还往东。

吕建江继续慢慢地开。车开到一个三岔路口，吕建江停车，问路边的人，认识老太太吗？回答不认识。于是继续慢慢东行。

就这样，边走，边停，边问，一直走了四个小时，才终于帮老人找到了家。

有邻居看见了老人，说你可回来了，都走失五六天了。

当吕建江把老人交给她家人的时候，又发现她的儿媳妇也是智障人。吕建江心里有些凄楚。

这时，老人摸索着从包里掏出一个红红的苹果，两手捧着，颤巍巍地递给吕建江，两眼含泪，说："孩子，你吃个苹果吧。"

顿时，吕建江鼻酸眼热，泪水盈眶……

最珍贵的礼物

深情爱民之心如涓涓细流，深情为民之事皆微微小碎，吕建江正是用涓涓细流汇成了大爱江河，正是用微微小碎铸就了至高丰碑。在老百姓的眼里，吕建江是一个平凡的英雄，他们也用最朴实无华的"点赞"，带给了吕建江最深的感动。

2014年1月10日上午，吕建江依照惯例沿着辖区巡视了一圈，回到警务站抬头看看挂在墙上的钟表，刚好12点半。

他还没坐稳，就有一位老人出现在警务站门口，他习惯性地赶紧起身去迎接。

老人一进门就冲着他笑呵呵地说："小吕，我来了！"

"哦，耿大伯，您好啊！"

"好！好！"

听这语气，吕建江和老人很熟悉。

这位老人叫耿玉福，六十六岁了，家住在石家庄北二环附近。他这是第二次来警务站。

北二环距安建桥警务站直线距离也有十几里，老人的家不在安建桥警务站管辖之内，他是怎么认识吕建江的呢？

原来前段时间，老人在收音机的广播里听到消息：安建桥警务站在春节前要为群众发放台历。

"警察发台历？这倒挺新鲜。"耿大伯蹬上自行车就直奔安建桥警务站来了，他要亲眼看看这新鲜事儿。

吕建江热情地接待了耿大伯，还和他亲切地聊天。老人觉得这个警察很亲民，知道了他是警务站的主任。

昨天，耿大伯听说安建桥警务站又在为老人赠送防走失的"二维码黄手环"了。他想，安建桥警务站咋就做得这么好呢？嗯，肯定又是那个吕主任的主意。

于是，老人就又骑着自行车来了。

"小吕啊，我今天来，一是领取'黄手环'，二是来给你送一件礼物。"

吕建江笑着说："老人家，您是知道的，咱们民警是不收礼的。"

老人说："小吕啊，我这礼物你不收也得收。"说着，就从上衣口袋里拿出一张皱巴巴的纸，在桌子上铺展平整，说："这就是我要送给你的礼物。"

这时，警务站的几个民警都好奇地凑上前来观看，只见纸上用蓝色圆珠笔写了满满一页字。原来，这是老人昨天晚上熬了大半夜写的一首打油诗——《夸夸我们的好警官》。

耿大伯清了清嗓子，操着浓重的唐山口音，现场为警务站的民警和前来办事的群众朗诵了起来："建桥市民心欢畅，因为安全有保障；因有警官吕建江，出入平安又顺畅。吕主任的觉悟高，他为市民把心操；市民有事把他找，事情办得快又好……"

老人写的"打油诗"，虽然没有对仗平仄，但他读得声情并茂，眉飞色舞，听得出来，这是老人从心底深处唱出的歌。

老人读罢，引来满堂掌声与喝彩。

吕建江把一杯热水送到老人手里，说："大伯，您过奖了，我做得还不够，还请您老人家多多提意见。"

老人指着手里的水杯说："就这简简单单一杯水，也能看得出你对老百姓的一片心。"老人紧紧拉着吕建江的手，一脸灿烂的笑容："我等孩子回来了，让他们把这诗打印出来，再正式送给你小吕。"

"老人家，我就收下您这份礼物了，您亲手写的，比打印的要好多了。"吕建江把这页皱巴巴的纸，郑重地夹到了笔记本里，他要以此为鞭策，为百姓服务得更好。

2014年的春节，这是吕建江收到的最珍贵的礼物！

"陌陌"之谜

2016年春天，石家庄街头春意深深，草坪青绿，桃花绽放，景色迷人。

年轻人小张，忘记了窗外的春光，却迷上了手机里的"陌陌"。

前几天，他通过查找"附近的人"，联系上了一个名字很性感的"妙龄女"，二人聊得很投缘。

从照片上看，"妙龄女"唇红齿白，眉清目秀，含情脉脉，风情万种……聊起天来，蜜语甜言，娇嗔含羞，引得小张神魂颠倒。

那天早上，小张再次和"妙龄女"聊天时，对方说聊天使用了很多流量，手机都欠费一百六十四元了。

听到"妙龄女"这么一说，小张要了对方的电话号码，马上就给她充了一百七十元话费。不料，"妙龄女"说电话还欠费，影响聊天，意思是要小张再充一些话费。

这时，小张心里犯起了嘀咕，觉得有些不对劲儿。但他对"妙龄女"正处于忘情醉迷中，心想，万一是自己多疑了呢？那样岂不错过了这个"天上掉下的林妹妹"了吗？

是骗局？还是真情？这是一个问题。小张犹豫不定。

左思右想，他终于想出了一个"妙招"：通过警察暗暗确认一下"妙龄女"的真实情况。于是，他一大早就来到了安建桥警务站。

听了小张的讲述后，吕建江肯定地告诉他："这是一种典型的骗术。"接着，他对小张耐心地解释："在虚拟的网络世界里，短时间内陌生的网友之间根本没法儿知道对方的真实情况，丑老汉可以扮成美少女，老太婆可以扮成帅小伙。更何况，如果对方有意行骗，就会伪装身份，就会光说动听的话。通过聊天，让你产生好奇心、爱慕心甚至同情心。你真想帮，她正想骗，正好中了骗子的圈套。"

真诚的一番话，合情合理，但小张还是有点儿犹豫。

看到小张将信将疑，吕建江心想：如果就这样让他走了，他十有八九还会被"妙龄女"忽悠，如果进一步发展下去，说不定还会发生什么事情。不行，他这事儿我得管。

为了彻底打消小张的幻想，吕建江对他说："小伙子，你要是不相信，就把那个'妙龄女'约到我们警务站来吧，反正她就是'附近的人'，如果她真的困难到连电话费也交不起了，咱们一起帮她！"

"这主意，我看行。"小张随即给"妙龄女"发出了一条约她来警务站的信息，但好长时间也没有得到回复。此后，小张再也没有收到过"妙龄女"的回信。小张终于醒悟过来了，他紧紧握住吕建江的手说："吕哥，谢谢啊！"

后来，小张多次对别人说："要是吕大哥没管我这事儿，我说不定要被'妙龄女'骗到啥地步呢！"

安建桥下又是绿草青青，桃花灼灼，可小张再也看不到吕哥的身影了。在春风习习的傍晚，他一次次走近安建桥警务站，默默伫立，静静思念，然后转身，一步三回头，不想离去……

那一次回眸

光阴荏苒，岁月如歌。吕建江不舍点滴、爱心为民的事迹逐渐在石家庄广泛传播开来，并且通过网络传遍了燕赵大地，传到了长城内外，大江南北。

2014年，石家庄市民边志红看到吕建江"通过微博挽救太原自杀女孩儿"的事迹后，觉得这个警察心眼儿真好。但她又有些怀疑：这事儿是真的吗？这个警察真的这么好吗？

一天，边志红外出办事，路过安建桥警务站时，就想进去一探究竟。

那天吕建江正好当班。坐下聊了一会儿，边志红就觉得眼前这个警察面善心慈，朴实厚道，待人热情，是个好人。"我要记住这个好警察。"于是，她就把吕建江的电话号码存到了自己的手机上。

"我用一千次回眸，换得今生在你面前的驻足停留。"边志红上学时就读到过席慕蓉的诗，自从见到了吕建江之后，她就时常想起这句诗来。

让边志红没想到的是，随手保存的一个"好警察"的电话号码，竟然在三年之后救了她的急。只用"一次回眸"就"换得今生在你面前的驻足停留"。

2017年夏天，已经退休的边志红在家中干活儿时，一不留神被碎玻璃深深地割破了左手手指，顿时血流如注，吓得她"哎呀"一声惊叫。她急忙用右手紧紧攥住流血的手指，但鲜血还是"滴滴答答"从指缝中涌出。此时家中无人，自己又两手不能动，连手机也打不了，她惊慌失措，不知道如何是好。

紧急中，她紧紧攥着血流不止的手指，飞跑到大街上，恳求路人用她的手机打电话找熟人。手机打开了，恰巧翻到了吕建江的名字。边志红下意识地说："快快，就找吕警官吧！"

安建桥警务站里，吕建江的电话响了，他低头一看，是个陌生的号码。凭着职业敏感，他迅速接听了。因为自从他把电话号码在网上公布出去后，特别是他的事迹被广泛报道后，经常有陌生来电，大多是群众求助。果然，听筒里传来一个陌生女子惊慌的声音："吕警官啊，我的手指被割伤了……"

"别怕，我马上就到。"吕建江很快就和同事驾着警车来到了边志红的家门口，立刻把她送到了市三院，又跑上跑下帮着她挂号、找医生、办住院手续。由于身上带的钱不够，吕建江又借同事的钱为边志红交了住院金。安顿边志红住了院，又等到她的女儿赶来，吕建江这才放心离去。

从那之后，边志红就把吕建江当成了自己的大哥。"我心里有啥疙瘩解不开了或者家里有啥好事了，我都要给吕哥说说。"如今提起来，边志红抽泣得两肩发抖。

边志红刻骨铭心记得这个日子：2017年11月27日——这是她和吕哥最后一次通话的日子。

那天，她在电话里告诉吕哥："我老母亲被推销人员洗脑了，非要花大价钱购买人家的东西，不管我怎么说，她都听不进去。等你有空儿了，帮我劝劝老人吧。"

吕建江一口答应："没问题，12月1号我值夜班，到时候我给你打电话，你把老太太带到警务站，我帮你劝她。"

12月1日，都吃过晚饭好久了，边志红也没有接到吕哥的电话。"他是太忙了，还是有事出差了？"边志红不好意思直接给吕哥拨电话，万一他在开会呢，拨电话会影响他工作。

又过了好久，夜已很深了，还是没有吕哥的来电，边志红就给吕哥发了一条微信："吕哥，你是不是在忙啊？"

很快，边志红得到回复："他不在了。"

边志红没在意，接着又问："他不在了？是去哪儿啦？"

对方再次回复："吕建江，走了！"

边志红一看就急了，立刻发去微信："吕哥，你别开这种玩笑好不好？"

发出微信，她又琢磨着不对劲儿：吕哥平常是绝对不和她开玩笑的人，今天这是怎么了？

边志红急忙拨通了吕哥的手机，接电话的是吕建江的爱人。

嫂子在电话里抽泣着告诉她："建江……走了……"

晴天炸雷，一下子就把边志红击晕了。她两眼直瞪瞪地看着前方，洁白的墙面一片漆黑……

她扶着墙，从屋里出来，独自坐在冬夜黑洞洞的楼道里，捂着脸，埋着头，"呜呜"悲哭，一直哭到两眼发疼，一直哭到窗口发白……

12月3日，她在呜咽的寒风中送别了吕哥。

后来几天，边志红多次来到安建桥警务站，远远地望着，都没敢进去，因为警务站里再也看不见吕哥的身影了。

在冬日的寒风中，边志红再一次来到安建桥下，独自一人默默地站着，呆呆地望着。望着警务站里曾经熟悉的一切，望着门口进进出出的人影，她的眼泪就扑簌簌落了下来，在胸前结成了一朵朵洁白的冰花。

"我用一千次回眸，换得今生在你面前的驻足停留。"边志红不由得又想起了这句诗。

"我只用一次回眸，就换得今生在你面前永远驻足，可是吕哥，你却永远走了。"边志红用蒙胧的泪眼望着安建桥上漆黑的夜空，喃喃自语……

安建桥下，警务站的红蓝灯依然闪烁着，只是不见了吕建江的身影。

"有的人活着，他已经死了；有的人死了，他还活着……他活着为了多数人更好地活着的人，群众把他抬举得很高，很高。"这是著名诗人臧克家纪念鲁迅的诗句。

我想，以此纪念吕建江，也是非常贴切的。

吕建江走了，警务站仍在，它依然矗立在安建桥下，它永远不会忘记那个胖乎乎、笑眯眯的身影和脸庞。

吕建江走了，人民会永远记住他，群众也会把他抬举得很高，很高。

石家庄市公安局巡警支队副支队长薛旷景说："多年来，安建桥警务站一直被评为全市一百一十个警务站中站容最好、民警精神面貌最好的五星级警务站。石家庄的一百一十个警务站运行后，外地很多兄弟单位来学习，都是到老吕的警务站，因为他管理的警务站讲规矩、有规范、有群众口碑。他把警务条例上的条条框框，变成了站里工作的一把尺、老百姓心里的一杆秤。"

在安建桥警务站工作的六年时间里，吕建江究竟为百姓做了多少好事？谁也说不准，数也数不清。安建桥见证了吕建江这个名字闪耀着的爱民之光，警务站见证了吕建江这个名字散发的为民之热。

在吕建江去世后的第四天，2017年12月5日，他生前工作了六年的"安建桥综合警务服务站"正式更名为"吕建江综合警务服务站"，这是石家庄市首个以民警名字命名的警务站。

曾经有人问吕建江："你得了很多荣誉，最珍视哪一个？"

他回答说："是深夜值班时，群众给警务站送来的那一碗热腾腾的饺子。"

第五章
一"网"情深深几许

互联网是个大舞台，更是一片广阔天地，每个人都可以在上面尽情发挥自己的才智。

在网上，一个人如果成为高手了，就被称为"达人"；如果获得成功了，就被称为"大咖"；而如果声名鹊起、被众人关注、拥有海量"粉丝"，那就是"网红"。

有多少人为了让自己成为"大咖""网红"而绞尽脑汁，甚至不择手段，但终难遂愿。

因此，当我听到一个最基层、最普通、最朴实无华的警察炼成了"大咖""网红"的时候，我最初真有些不相信。但后来，我被感动、被震撼了！

这个一"网"情深为百姓服务的"大咖""网红"，就是吕建江。

"菜鸟"·"达人"

"如果你真的为人民服务，首先就别让群众为难。"吕建江这样说。

吕建江正是抱着绝不让群众为难的信念，为方便群众办事，他自主创办了河北省第一个"网上警务室"，把公安机关办理的行政业务、政策、流程、办事指南等在网上公布，还公开了自己的全部联络方式，手机二十四小时不关机，全天候接听群众来电、受理短信咨询。

创建"网上警务室"需要具备专业的网络知识和操作技能，而吕建江在这方面是一只"菜鸟"，对网站设计、制作和管理一窍不通。但他凭着一股苦钻研、不服输的倔劲儿，硬是把自己这只"菜鸟"修炼成了网络"达人"。

2009年1月，留村辖区居民小张想注册一家网吧，需要找吕建江开具相关证明。

吕建江本来和小张约好去警务室办理，但在去警务室的途中，他接到所里电话，有紧急任务，于是就折身赶快去了所里。结果，没给小张开成证明。

后来几天，吕建江不是临时出差，就是有紧急任务，一直没沾警务室的边儿。就这样，小张跑了好几趟，才拿到了一纸证明。

开完证明后，小张说："哎呀，吕哥，你要再不来，我的手续都要过期了，投资六十万的网吧也就彻底泡汤了。"

吕建江听了小张的话，心里很不是滋味，深感愧疚。虽说不是自己故意拖延，但毕竟让小张空跑了好几趟。吕建江想，如果群众找警察办事都像这样难，那咱"人民警察"的"人民"二字就成了虚的，就会失信于民。

没过几天，吕建江得知别的辖区发生两起入室盗窃案，他就赶紧打印了一份"民警提示"，在小区门口、超市门口、单元楼门口贴了个遍。可万万没想到，当天晚上留村辖区就发生了一起入室盗窃案。听到这消息，吕建江急得挠头跺脚。

他迅速赶到案发现场，头一句话就问当事人，你没看见昨天刚贴上的"民警提示"吗？

当事人说："我是跑车的，早晨天不亮就走，回来已经天黑了，我是隐约看到门口贴了一张纸，但看不清内容啊。我要是能及时看见，肯定会把门窗锁好，这样也就不会被盗了。"

这两件事对吕建江触动非常大。晚上躺在床上，他翻来覆去睡不着，两眼盯着天花板出神。怎样才能让百姓少跑腿、多办事、不为难呢？怎样才能做到三百六十五天每天二十四小时警民互动全覆盖、警情提示无死角呢？

妻子崔利平回忆说："有一回建江回来跟我念叨，那天下着大雨，一个居民打着伞到所里办户口，抱怨说跑了好几趟了，不是缺这就是缺那，看来非得把腿跑断不可。"崔利平记得，当时吕建江脸色很难看，就像是自己做错了什么事一样。

这天下班回到家，吕建江突然灵光一闪：随着电脑和智能手机的普及，网络已经延伸到千家万户，如果把警务室搬到网上，动动手指就能办事，那该让老百姓多方便啊？

"啪！"他突然用力拍了一下桌子："对啊！"

妻子被吓了一跳："你发疯啦？"

吕建江嘿嘿一笑，说："我没发疯，我发明了！"

崔利平不解，问："发明什么了？"

吕建江说："要是建个'网上警务室'，把办事流程、警情提示，都公布到上面，老百姓不就方便了吗？"说着，他兴奋得像寻找到了宝贝的孩子。

晚上，吕建江在梦里还在喃喃自语："网上警务室，好，好……"

第二天，吕建江把这个想法向所领导进行了汇报，得到了所领导的肯定和支持，鼓励他尽快把网站建起来。

当时，吕建江对制作网站一窍不通，是个典型的"菜鸟"，要建一个"网上警务室"，不是容易的事情，一切要从零开始。

既然有了这个想法，就一定要办成它、办好它。吕建江相信，办法总比困难多。于是，他决定自己动手。

他一有空就趴在电脑前，在网上查找资料，搜集模板，一点一点看，一点一点学，一点一点写，一点一点改。一遍不行两遍，两遍不行三遍，反反复复，日日夜夜，就是为了达到一个理想的效果，直到满意为止。

那些日子，深夜妻子都睡醒一觉了，看见吕建江还在电脑前点着鼠标，敲着键盘。

"都后半夜了，快睡吧。"妻子催他。

"嗯，弄完这一页就睡。"吕建江打着哈欠。

有一次，凌晨1点多了，他想修改一下网站的分栏就睡觉。但由于太困了，眼睛也模糊了，一不小心点错了鼠标，结果刚排布整齐的网页一下子就乱了套，图像、文字、表格就像受到惊吓的羊群，乱哄哄地拥挤在一起。

吕建江急忙关闭了页面，然后又从头开始，一点一点看，一项一项改，一直弄到凌晨4点，网站恢复了原貌，他才松了一口气。

那段时间，他白天工作奔波一天，本已非常疲惫，可是回到家里，晚上还要做网站，并且经常要做到凌晨两三点才睡觉。他学习修图片，学习剪视频，学习做链接，一个原本只会上QQ的网络"菜鸟"，硬是修炼成了网络"达人"。

自从开始做网站，家里的那台电脑除了女儿抽空查资料用一用，基本上都被吕建江占用了。这么费劲儿弄网站，有用吗？妻子一开始也不理解。后来，当看到网站上不断有网友赞扬、鼓励的留言，妻子也转变了态度："有那么多人支持你，看来你的网站还是有作用。以后，像打字这些我能干的活儿，让我帮你做吧。"

吕建江心里明白，妻子说这话，一来觉得网站对百姓好，二来心疼他太辛苦，他很感谢妻子。

尤其让他感到高兴的是，公安分局和派出所的领导们对他的"网上警务室"给予了大力支持：为他购买了笔记本电脑、无线上网卡等。

有了"内外""双核"的鼎力相助，吕建江的热情更高了，干劲儿更足了，网站的运转速度也更快了。

经过一个多月的艰辛努力，2009年2月26日，吕建江亲手创建的河北省第一家"网上警务室"正式运营。

吕建江打开网站，看着不知看了多少遍的首页，就像当年第一眼看到自己的女儿诞生那样，心中涌满了幸福感。

"网上警务室"设置了"警务公开""通知通报""法律法规""常用信息""温馨提示""教你一招""户籍一点通""消防天天讲""有话你说"九个板块。为了帮助群众办理户口，吕建江还精心撰写了"落户须知"，告诉大家在哪个板块下载申请表，甚至用什么纸、什么笔、什么颜色的墨水，都说得一清二楚，浏览和使用非常方便。

他还公布了自己的手机号码、电子邮箱、QQ号等联系方式，这样就可以二十四小时随时接受群众咨询、求助、报警、监督和业务预约。

吕建江用对百姓的爱心，打开了一个警务公开、警民互动的新窗口。

吕建江随即又陷入沉思："网上警务室"是开通了，

但许许多多群众还不知道啊，浏览使用的人少，"网上警务室"也不能尽快发挥作用啊！于是，他又开动脑筋：如何尽快让人们知道"网上警务室"并充分利用起来。

他制作了印有自己照片的警民联系卡，把"网上警务室"的网址印在上面，挨家挨户向社区居民发放，努力扩大"网上警务室"的知晓面。

不仅要让大家知道，还得让大家会用。于是，吕建江走到哪里都背着笔记本电脑，利用一切机会，现场给群众做演示，讲解网站的功能，手把手教他们浏览和使用网站。

由于"网上警务室"是吕建江从片警工作实践中构想的，是按照居民实际需求设计的，它贴近现实生活、贴近百姓需要，很快就得到了居民的认可和欢迎。不仅本辖区的居民登录"网上警务室"，还有北京、天津、上海、广州等全国各地的网友也纷纷登录"网上警务室"浏览，并给他留言，进行鼓励和称赞。

一个网站要持续运营，需要购买域名，还要缴纳维护费，这也是一笔不小的开支，都是吕建江自掏腰包。有人劝他给上级打个报告申请点儿资金，他挠了挠头说："又不是上级安排的任务，这是我自己想做的，哪儿能向上级伸手要钱呢，还是从工资里挤挤吧。"头一回他投了三千元，跟着又投入五千元。

当时，吕建江每月的工资有三千多元，但他那个月只拿回家几百块钱。

妻子问他，那三千呢？他说，用来支付网站维护费了。

妻子笑了笑，一句抱怨的话都没说。

吕建江对妻子充满了感激，也深怀歉意。

自从开通"网上警务室"，吕建江就有了网上网下两条工作线，他更忙了。

每天在所里开完晨会，他就背起笔记本电脑，下到社区，入户走访，采集并录入信息。等到处理完线下实体警务室的事儿，他就打开笔记本电脑，登录"网上警务室"，查看留言、邮件，看看有没有信息需要处理；然后，再登录QQ，接受网友实时咨询。对网友提出的问题，可以答复的都马上答复；一时答复不了的，他就请教同行或专业人士，然后回复。他的回复总是很及时。

吕建江说，办"网上警务室"就是为了方便群众，如果回复不及时，就体现不出网上的优势了。有时白天工作太忙了，根本挤不出时间，他就在下班回家后第一时间进行回复。从那时起，他就给自己立下了规矩：回复网友留言，一般不能超过二十四小时。

吕建江说，"网上警务室"是实体警务室的延伸和有效补充，只有将线上线下紧密结合起来，融为一体，才能更好地服务群众、更好地发挥作用。

工作中，他充分利用网上发现的每个有价值的情报信息，为现实警务工作服务。

一天，吕建江正在留村警务室工作，9点36分，他的QQ突然"滴滴滴"响了。他点开一看，弹出来一个临时会话框，是一个陌生网友。

网友说，你是吕警官吧？我给你提供一个线索。吕建江赶忙和他对话，但对方不愿透露真实姓名，只是说他知道有一个人在留村住着，是在老家把别人打成重伤后跑到石家庄来的。当吕建江询问详细情况时，对方支支吾吾不想多说。吕建江马上意识到：他有思想顾虑，好像担心不是吕建江本人在和他对话。

吕建江说："这样吧，我把视频打开，你看看是不是我。"

视频打开了，吕建江把摄像头对准了自己。对方确认后，很快将那个嫌疑人的信息发了过来。

他立即通过市局内网进行查询。经查，该人的确是一名因聚众斗殴被保定市公安局网上通缉的逃犯。

吕建江立即向所领导做了汇报，分局及派出所火速组织警力赶到现场，将嫌犯当场抓获。

2009年3月，留村社区进行股份制改革，方案已由村民代表大会通过。

4月5日，部分村民在街头议论此事时，和二十多名不明身份的人员发生斗殴，双方都有人员受伤。

晚上，吕建江查看"网上警务室"时，看到村民留言："你对打人的事怎么看？明天找你们分局去。"

吕建江立刻意识到，这是一个不好的苗头。他连夜安排人员进行核实。果然，受伤村民的亲属三十多人，计划第二天到分局上访闹事。他立刻将情况报告给领导，并上报了详细的信息。

由于预警早，派出所和办事处马上深入社区，积极开展排查，深入细致地做了化解工作，避免了一起群访事件的发生。

那天，吕建江接到留村二区一位居民的网上留言，她说自己的孩子离开家好几天了，怎么也联系不上。原来，前几天因为琐事，她和孩子发生争吵，孩子一气之下离家出走了，电话已关机，家人很是着急。

吕建江马上联系上这位居民，要来了孩子的QQ号，用自己的QQ号和孩子聊天，聊得挺投机。

聊着聊着，孩子慢慢觉得吕建江知道他的信息挺多，就起了疑心。吕建江干脆就直接告诉了孩子自己的真实身份。没想到孩子说："吕叔叔，我爸我妈总是提起你，说你是一个好人。吕叔，说实话，我也想回家，可我和我妈吵成那样了，我自己回去不是太没面子了吗？"一个十五六岁的孩子，的确已经知道要面子了。

吕建江想，这次需要搭一个桥，于是对孩子说："你等着，一会儿，我和你爸妈去接你。"

随后，他与孩子的父母取得了联系，并亲自陪着他们去把孩子接回了家。接着，又给他们做了一番劝解，孩子和父母和好如初了。

"网上警务室"覆盖面广，很多网友咨询的事儿内容宽泛，有些已超出了吕建江的知识范畴，他只好"现学现卖"。

妻子崔利平回忆说:"我的公益岗位和户籍工作相关,遇到户籍方面的咨询,建江就问我,我解答不了的,还得替他找我的同事问。"

那次吕建江接了一个咨询电话,由于问题特殊,他先后向朋友和同事打了七八个求助电话,才问明白了应该怎么办。然后,他给网友答复回去,感动得网友连声道谢。

一天,吕建江接到一个来自西安的长途电话,对方说在石家庄买了房,想把户口迁过来,问他怎么办。

吕建江回答说:"电话里一时也说不清,我给你一个网址,你到网上先看看,按照要求准备资料,如果还不清楚,再给我打电话。"

过了几天,一个小伙子跑到派出所找到吕建江,拉着他的手感激地说:"我就是给你打电话的那个西安人,户口落好了,你这个'网上警务室'真管用,资料齐全,说明详细,我按照上面的提示,一趟就搞定了。要不然,我得来来回回跑多少趟啊,先不说路费,光时间也耽误不起啊。谢谢,谢谢!"

"网上警务室"如同一棵小树,在吕建江的精心浇灌下,越长越高,枝叶繁茂,为百姓了撑起一片绿荫。

根据网友建议,吕建江又及时增加了"社区小喇叭"栏目,主要是为已在户籍大厅提交了申请资料的居民提供查询服务。

有位居民在办完落户后,主动给吕建江打电话说:"吕警官，你的'小喇叭'真方便，让我少跑一趟路。谢谢你啦！"听到这些话，他的心里感到暖暖的。

"老百姓认可，说明我的工作做对了！"绝不让群众为难，吕建江做到了。

由于受到群众广泛赞誉，2010年，"网上警务室"在河北全省推广。

古道热肠

2010年，是中国的"微博元年"。

2010年7月14日，吕建江在新浪网注册了实名微博"片警吕建江"，后来改为"老吕叨叨"。

当天晚上10点50分，他发出了自己的第一条微博："今天开通微博了，有了和大家交流的平台，高兴！"

兴奋之情，溢满他的脸。

吕建江的第一条微博，并没有得到回应，既没有转发，也没有评论，更没有点赞。他是从"零"起步的。

两分钟之后，吕建江发了第二条微博："欢迎大家登录我的网站，欢迎大家提出宝贵意见。"

这条微博直到第二天才有一个网友评论："会分享些什么呢？会告诉大家一些新近发生的案件，给大家警示吗？都是河北银（人）儿，挺你！"

7月15日10点38分，吕建江发了第三条微博："昨晚对火车站周边清查，这些人反侦查能力真强，同事说：'你一去，人都走了。'看来自己的侦查能力还要加强啊。对这些地方要经常抓，抓经常，才可以好转。"

从此，吕建江正式拉开了利用微博开展工作、服务百姓的帷幕。

急人所急，帮人所需，尽心尽力，真情实意——吕建江既是一个为民尽责的警察，更是一条古道热肠的汉子！

◎生死时速

2013年5月4日，周末。

下午4点交班之后，吕建江又在警务站处理了几件事，回到家时，《新闻联播》节目已经结束了。

20点33分，网友"猫娜娜要奋斗"在新浪微博发帖："紧急求助！我家亲戚现在在从邯郸市广平县到石家庄的308国道上，腹部疼痛难忍，一度休克……现在市里交通难走，向各位求教，从308国道进市里到省四院的最佳路线！"

这条求助信息经省会各媒体官博转发，不断在网上扩散，有网友还@"片警吕建江"。

吕建江还是老习惯，一边吃饭一边上微博，看看网友的咨询留言。

晚上8点多，他突然看见了"猫娜娜要奋斗"的信息，饭也顾不上吃了，撂下碗筷就给"猫娜娜要奋斗"连发六条信息："男的还是女的？""多大了？""啥病？""内伤还是外伤？""有没有出血？""有没有高血压？"

随后，吕建江通过"猫娜娜要奋斗"与救护车上的病人家属取得了联系。

当时，救护车已行至邢台市内丘县。吕建江告诉他们，从308国道转107国道，再走汇通路到建设大街，然后一路向北至省四院。他还交代了一些有关病人的注意事项。

虽然已是晚上9点，但路上的车流量还很大。吕建江担心病人的病情恶化甚至再度休克。于是，他又嘱咐病人家属："如果需要帮助，随时联系我，我们警车可到南二环附近迎接，帮忙开道。"并把自己的手机号发给了他们。

发出信息后，吕建江就坐在电脑前，一会儿看看屏幕，一会儿看看手机，生怕漏掉他们的信息，但好长时间没有音讯。

他突然灵机一动：大部分司机都有收听广播的习惯。于是，吕建江马上与电台的河北交通广播频道联系上，请主持人空中导航，请求沿途车辆为生命让道。

晚上9点21分，病人家属的短信总算来了："救护车到栾城了，病人危急，请求用警车带个道！"

吕建江马上回复："你可急死我了，办了。"

他立即安排值班民警于晓青驾警车前去迎接，同时把警车的车牌号、停车位置告诉了病人家属。

建设大街是市区主干道，晚上也是车辆和行人川流不息，并且一路上有十组红绿灯，还有一段单行道。为了抢时间，吕建江告诉于晓青：在确保安全的情况下，可以鸣警笛，也可以逆行！

10点07分，警车接到了救护车，警灯闪烁开道，引领着救护车向省四院疾驰。

河北交通广播也中断正常播出，主持人不停预告救护车行驶路线及实时位置，沿途车辆和行人纷纷避让。

从南二环到省四院，按照最短路线常规行驶，至少也要半个小时。但在警车开道引领下，仅用了五分钟，救护车就飞驰到了省四院，病人立刻被实施了急诊手术。

生死时速，一路惊魂。医生说，病人腹腔内已有血肿，稍有耽搁，一旦破裂，生命不保。

后经了解，病人老刘，五十一岁，5月2日那天骑电动车时摔伤，导致腹腔血肿，在广平县医院抢救了两天，仍未脱离危险。根据医生建议，5月4日傍晚，救护车拉着老刘往省四院赶。没想到，老刘在半路上出现休克，而救护车司机对省会石家庄的道路又不熟悉，既担心晚上走错路，又担心堵车，事态紧急，一位亲戚就在微博上发出了紧急求助信息。

事后，老刘的女儿说："多亏了吕主任的紧急相助，我的父亲才转危为安，谢谢所有警察！谢谢交通广播台！谢谢一路避让的行人和车辆！"

5月6日，河北电视台、《燕赵晚报》以"警车开道送病人，五分钟穿越半个城区"为题，对此事进行了报道，人民网、新华网、中国日报网等多家媒体纷纷转载，中央电视台也做了采访。此后不久，河北省公安系统开展了"2013·我做的群众最满意的一件事"评选活动，吕建江微博救人上演生死时速的事，名列榜首。

网友们纷纷点赞：石家庄警察给力！石家庄警察好

样的!

听到这些话语，看到这些文字，吕建江心里很欣慰。他说："无限的网络可以把我为群众服务的'手臂'无限延伸。网络是虚拟的，服务百姓却是实实在在的，我会继续用键盘把'人民警察为人民'这七个字输入百姓心中。"

情深意浓，掷地有声！

◎泪眼含笑

2014年，网友"鱼妈"靠制作、网售板筋为业。当时销量不好，收入微薄，心里非常着急。

她看到吕建江的微博"老吕叨叨"影响力比较大，就主动私信给吕建江说："我是一个80后的创业者，现在生意很难做，想送几包板筋给吕哥尝尝，并希望吕哥帮我发微博推广一下。"

"鱼妈"本来只是抱着试试看的想法，没想到很快就收到了"老吕叨叨"的回复："我的微博是为群众服务的不假，但不能以警察的身份做商业推广。不过我会通过其他途径帮助你，请放心。"

这些年，"老吕叨叨"有"粉丝"近三万人，影响力很大，曾经有一些企业找到吕建江，想要"借借"他的名声，和他合作，并给他开出不菲的赞助价格，但都被吕建江拒绝了。他说："我是党员，是警察，绝不能用微博捞钱，决不能给党徽、警徽抹黑！"

后来，吕建江帮"鱼妈"联系了做自媒体营销的一个朋友，以低于市场价近一半的价格，帮助"鱼妈"连续做了十五天商业推广。很快，"鱼妈"的板筋生意大有起色，她打心底里感激吕哥。

她在网上对吕建江说："回头我请你吃饭，挣得少就请吃面条，挣得多就请吃大餐。"可是，直到吕建江去世，她也未见到过吕哥本人，也没有能请吕哥吃一碗面条。

得知吕哥去世的消息后，她神悲心痛，哭成了泪人。

她在微博里写道："已经习惯四年里看你叨叨，可是明天，你还能接着叨叨吗？我不能相信……说好的好人一生平安呢？我挣钱了吕哥，可是我怎么请你吃饭呢？"

2017年12月3日，是吕建江的追悼会。

12月4日，"鱼妈"在微博里写道："吕哥，你是一个凡人，吕哥，你是一个最伟大的凡人！你一直在我的脑海里，我在外地，所以我什么都不知道，你永远都在，微博上说的只是个传说！"

然而，她心里明白，这不是"传说"，她深深爱戴和尊敬的吕哥真的走了。她再也控制不了自己对吕哥的感恩与怀念，当天晚上从河南赶到了石家庄。

12月4日，晚上7点21分，"鱼妈"在微博上发了用手机拍的"安建桥综合警务服务站"的照片。夜色漆黑，灯光闪耀，她含泪写道："依旧灯火通明，只是那个熟悉的人没在这儿……"

她擦去泪水，稳定了一下情绪，推门走进了吕哥生前工作过的警务站。

然而，她再也见不到从未谋面的吕哥了。她默默地把一千元钱放在了吕哥的桌上。她怕自己控制不住情绪，转身匆匆离去。

走出警务站，她蹲在路边，凄然痛哭……

第二天，是"吕建江综合警务服务站"正式揭牌的日子。

下午3点，"安建桥综合警务服务站"正式更名为"吕建江综合警务服务站"。

"鱼妈"在微博里转发了媒体的报道及现场图片，并写道："含泪笑了。再见，吕哥！再见，石家庄！这样好了，你永远不再离开爱你的百姓了。"

后来，"鱼妈"在给"老吕叨叨"的私信里写道："我爸爸是四十五岁时走的。吕哥的走让我有失去亲人般的痛苦。为一个不曾谋面的人难过至此，我想这个人一定是一个值得纪念的人，现在却没有机会了……他温暖了大家，相信大家也都会把温暖传递！"

◎摇曳的红烛

2017-12-1 11：53 "石家庄公安网络发言人"发了一条微博，公布了吕建江因病去世的消息：

【老吕走了，再也没有人给我们叨叨了……】我们的好战友，石家庄市公安局桥西分局安建桥综合警务服务站主任吕建江，今日凌晨因病去世，年仅四十七岁……老吕，走好!

网友"雪薇"得知吕建江去世的消息后,马上发了微博:

2017-12-1 15:06

今天看到这个消息,简直不敢相信,好心痛(心碎心碎)

2017-12-2 06:45

一夜未眠,心情十分悲痛(哭泣哭泣)

雪薇和吕建江是在"祝你平安"微博群里认识的。

2016年春天,有一次吕建江在群里发了一张大红苹果的照片,并开玩笑说:"这是我刚刚接受的'贿赂',是一位老大妈送给我的,我还没舍得吃呢,现在请群里的朋友们一起分享这个大红苹果啦!"

雪薇也是"祝你平安"这个群的成员,当她看到吕建江发的红苹果图片和写下的话语时,觉得这个警察挺有意思的,于是找到链接,点开了"老吕叨叨"的微博。

她看到,"老吕叨叨"发的都是一些便民信息、失物招领、回答提问等,还有他们警务站在工作中的一些故事,自己生活中的一些感受,还和网友们有很多互动。

雪薇觉得,这个警察真和别的警察不一样,感到他这个人特别随和亲切,既能理解人,也特别有耐心,于是就对"老吕叨叨"留下了深刻印象。

后来,雪薇遇到了一个问题,就发私信咨询"老吕叨叨"。

吕建江非常耐心地给她做了回复。从此，她和"老吕叨叨"就逐渐熟悉了，时常咨询一些问题，每一次都能得到热情的答复。

于是，雪薇就称呼"老吕叨叨"为"吕哥"了。

在和吕哥私信聊天中得知，他以前在重庆当过兵，后来又在秦岭深处当了十几年军医。

有一天，雪薇鼓起勇气对吕哥说：我们可以加微信吗？将来我家里有什么人生病了，我可以咨询您吗？

吕哥毫不犹豫地答应了，他们彼此留了电话，加了微信。

雪薇是四川人，多年来一直在北京打拼。事业上、生活上遇到了事情、问题或困难，也找不到人商量，于是她就给吕哥发微信，请教他。每一次吕哥都认真地给她答疑释惑，有时候还会给她出谋划策，热情而又真诚。慢慢地，雪薇就把吕哥当成了最信任的人。

天有不测风雨，人有旦夕祸福。2017年，雪薇遭遇了很多不幸的事。

那次，她的姑父在四川大学华西医院检查出肝癌晚期，家里人束手无策，非常绝望。于是，雪薇就把检查报告拍下来，通过微信发给了吕哥。

吕哥看完检查报告，告诉她，人可能坚持不了多久了，让他们做好思想准备。

但有病就得治啊！

雪薇回忆说："家里人也没有放弃姑父的治疗，由于家庭条件差，实在无法承担高昂的医疗费。无奈之下，我表弟就在网上发起了一个'轻松筹'，没想到吕哥也带头捐了一百元，还把这些内容发到了他的微博上和我们所在的群里，呼吁大家一起帮忙。"

真是祸不单行，这事儿还没完，到了6月，雪薇的父亲又检查出直肠有多发性息肉，医院建议马上手术，不然可能会转成直肠癌。

雪薇又受到一个重击。

父亲到成都军区总医院住院治疗后，雪薇也乱了方寸。"病笃乱投医"吧，她想起吕哥曾在四川当过兵，于是就给吕哥发了微信，想请他看看能不能帮个忙。

没过多久，吕哥告诉雪薇说："我通过在外地的战友，已经联系上了成都军区总医院的大夫。"随即把电话告诉了她。经过一番周折，她父亲终于顺利地做完了手术。

这两件事把雪薇感动得不行，她给吕哥发微信，一再表示感谢。

吕哥说，你不要把这事儿太过放在心里，我对所有的网友都一样，能帮忙的我都会帮。

到了7月，她的小外甥又患上了很严重的牙病，整个小脸肿起来老高。她姐姐带着孩子去了华西医院看牙，没想到，看牙医的花费特别昂贵不说，就是花钱也找不到医术好的大夫。眼看着孩子疼得嗷嗷直叫，一家人急得像热锅上的蚂蚁。

实在没法子了，雪薇又硬着头皮给吕哥说了这事。

吕哥还是很热心，帮她联系到了另一家医院的牙科医生，并嘱咐她说，就在这里看牙就行，没必要扎堆往华西医院挤。

就这样，孩子得到了及时有效的治疗。

雪薇给吕哥说，您的工作那么忙，"老吕叨叨"的微博每天都更新好多次，我一次次打扰您，真的不好意思，心里也很愧疚。

吕哥说，我也是从大山里走出来的孩子，知道老百姓挣点儿钱不容易，能帮就帮你们一点儿，少花点儿钱，也能及时治病就好。我也没什么大本事，有时候我花点儿时间也许就帮了网友的大忙，这样我也很开心。

吕哥的热心、善良，不仅让雪薇深受感动，连她的父母、姐弟们也都知道了石家庄有这样一个好警察！

每当她对吕哥说谢谢的时候，他总是说：一点儿小事，不要放在心上！

雪薇对吕哥说，等我有时间了，一定带着家人到石家庄去看您。

2017年12月1日中午，雪薇在微博上得知了吕哥去世的消息！

这个晴天霹雳，当时就把她击崩溃了！她捧着手机，两眼直瞪瞪地盯着屏幕，眼前一片漆黑……

过了老半天，雪薇才缓过神来。她蹲在地上，捂脸大哭：这么好的一个人，怎么说没有就没有了呀！老天爷实在太不公平了！

她心里那种失去亲人般的痛苦难以言表！从白天哭到晚上，又从晚上一直哭到第二天凌晨4点，雪薇才忍住哭泣。她用颤抖的手指在自己的微博上写道：

每次遇到事情咨询吕哥，他总是会不厌其烦地解答，吕哥给人的感觉很温暖，就像我的亲人一样；吕哥工作很忙，"粉丝"也很多，我想他是真的累了，休息一会儿就好了；吕哥不会丢下我们的，等着您回来继续给我们叨叨。

微博的文字后面是三支摇曳的红烛，还配上了一幅金色的心形图案和两幅吕哥的工作照。

6点45分，在黑夜中一抹金黄的烛光下，雪薇又写道：

一夜未眠，心情十分悲痛，只有流不完的泪，只有无尽的悲痛。

12月3日凌晨3点多，冒着凛冽的寒风，雪薇和妈妈从北京出发了。她要坐最早的这趟火车，前去石家庄殡仪馆送恩人吕哥最后一程。

火车在冬夜的冀中平原上飞驰，雪薇的眼角挂着泪珠，她觉得身上很冷。她紧紧依偎着妈妈，妈妈一脸凄楚，伸手把雪薇搂在了怀里。

夜色漆黑，火车飞驰，雪薇有很多话要对吕哥说。她想赶快走到吕哥身边尽情倾诉，但她实在等不及了，于是她掏出手机，两肘支撑在小桌板上，抽泣着，又写下了浸泡着泪水的文字：

今天和妈妈起早乘车去石家庄，还有半个小时就到达石家庄了，吕哥，我们来送您了，突然有一种悲痛感涌上心头。

雪薇终于到了石家庄，这是吕哥生活工作的城市。

前些日子她还在想，过些天一定要来石家庄看望吕哥，当面给吕哥道一声感谢。可是，雪薇万万没有想到，她竟然是以这样的方式第一次见到吕哥。

雪薇依着母亲，拖着软软的双腿进了石家庄市殡仪馆万芳厅。透过泪水，她终于看见了吕哥的面容。吕哥在白菊丛中睡着了，永远睡着了……

雪薇心如刀割，不停地哭诉："吕哥，我来了，我还没报答您的恩情啊——吕哥……"她一步三回头，不忍离去……

当天下午1点48分，雪薇在微博上写道：

今天和妈妈一路急匆匆地赶到，来送吕哥最后一程。每人手上都拿着菊花，还有吕哥的照片。看着吕哥静静地躺在菊花丛中，面容是那么安详，可我还是忍不住泪流满面。

他的家人也泣不成声。我想吕哥也舍不得丢下我们，他只是去天堂的那端生活了，吕哥想我们了还会回来的。通往天堂的路很遥远，吕哥您一路走好，音容犹在，永远活在我们的心中。

返回北京的列车，穿行在漆漆黑夜里，雪薇在"老吕叨叨"微博下留言：

吕哥，我是多么后悔啊，您那么忙，我还给您添了那么多麻烦，我还没有来得及报答您的恩情呢，您就永远地走了……

吕哥，我怎么报答您的恩情啊？我和家人不会把您忘记，老百姓也不会把您忘记，您是我们永远怀念和尊敬的人！愿您在天堂一切安好。

我也会像您一样，做一个热心善良的好人，用真诚对待他人，用爱温暖社会。

此后，雪薇经常在微博上留言，抒写对吕哥的缅怀之情。

2018年的"八一"建军节到了，雪薇又想起了曾经在军营战斗了十五年的吕哥，她在微博里写了一篇《八一怀念亲人吕哥》：

吕哥：您离开我们已经八个月了，您在天堂过得还好吗？

我来石家庄博物馆看望您了（2018年7月，河北博物院举办了"时代楷模吕建江同志先进事迹展"——作者注），您要是在天堂看到了一定会很开心；

吕哥，您生前用过的物品整齐地摆放在展柜里，您憨厚的笑容映入我眼帘，一切都那么真实，可是我却无法触摸到您！

幸好我还来得及看到您！

回想起去年11月30日下午，您下班后给我打来的电话，您关心的话语至今回响在我耳边，没想到那次通话却成了永别，从此我们天人永隔！

吕哥，您对我和家人的恩情，在我最难熬的那段日子不离不弃的温暖陪伴，我会铭记在心，永远不会忘记！

我父亲的身体也比以前好了很多。吕哥：请您放心！

只是吕嫂、田田、您的家人，还有您帮助过的老百姓都很想念您。吕哥，您要是想我们了，就回来看看我们！

吕哥，虽然您离开我们已经八个月了，可是我们从来没有把您忘记！

愿吕哥在天堂过一个快乐的建军节！

热血忠诚写春秋，为民排忧真英雄！

奉献无悔青春，铸就忠诚警魂！

向我心中的英雄吕哥致敬！

◎悬崖上的花季生命

2014年12月10日，空气阴冷。

晚上10点左右，安建桥警务站的门呼啦一下被推开，吕建江神情紧张、眉头紧皱跑了进来。

值班的副站长侯龙忙问："大晚上的，你咋来了？"

吕建江着急忙慌地说："有个太原女孩儿刚在网上说要自杀，得赶紧上内网查查她的信息。"

侯龙有些不相信，说："真的假的？现在网上可有不少忽悠人的。"

吕建江说："咱被忽悠没啥，顶多搭上点儿时间。万一是真的，就后悔莫及啦！"

于是，他们打开内网，紧急搜索……

原来，这天20点57分，吕建江的微博上收到一位网名"雨馨"的女孩儿发来的私信："叔叔，在吗？"

吕建江像往常一样回了一句："请讲。"

"叔叔，你说有人开煤气自杀吗？煤气自杀是不是救不活？"女孩儿这句话，把吕建江吓出一身冷汗。

凭着直觉和经验，吕建江感到这个女孩儿思想上出现了问题，当下最重要的是先把女孩儿的情绪稳住，只有与她保持对话，才有可能对她进行劝解。

"傻孩子，有什么事跟叔叔说说。"吕建江回复。

"我没事。你说那些跳河的是不是大部分都救上来了？""开了煤气是不是得开了火才行？""开煤气自杀到底是怎么做的？"雨馨还是不停地咨询着关于自杀的事。

对于女孩儿连续抛过来的这些问题，吕建江没有直接回答，只是耐心地跟她说："你有什么不愉快的事情啊？好孩子，把事情跟叔叔说说。"

雨馨不回答，还是一味地询问自杀的办法。

吕建江觉得必须转变策略，要把握对话的主动权。

"孩子，告诉我你在哪儿，我去找你，咱们聊会儿天。"吕建江接着说，"不要做傻事啊，因为啥呀？如果是为情就太不值得了。"

吕建江这话锋一转，终于改变了聊天的主题。雨馨说："不是为情。"

"孩子，你要记住，你永远都不是一个人，还有很多爱你的人，不要让爱你的人伤心。"吕建江开始打亲情牌。

不等女孩儿提起不愉快的事，吕建江又快速地转移了话题："孩子，你认识我吗？"

得到肯定回答后，吕建江又问："你见过我吗？"

"没见过。"

"那你明天来找我，难道你不想当面听我叨叨？"

"没有明天了。"雨馨又退回去了。

吕建江一时又紧张起来。他脑子急速一转，又把话题紧急转换："孩子，你是护士吧？"吕建江想利用自己曾经的军医经历寻找和女孩儿生活贴近的话题。

"我不是护士，我是艺校高中生，学艺术的。"

"学艺术多好，我要有你这样的闺女多好。"

在安抚劝慰的同时，吕建江快速查询了雨馨的信息，微博资料显示，雨馨在山西上学。

吕建江马上联系了新浪微博官方及山西警方的官方微博，请他们帮忙查询雨馨的位置，并且立刻出门驾车，急速向警务站驶去，他要通过公安内网，准确查询雨馨的真实信息，以便更有效应对。

与此同时，他继续和雨馨保持对话。

21点56分，在劝了一个小时后，让吕建江没有想到的是，雨馨突然说了一句："我现在想去死！叔叔，我先去开煤气。"

惊天一句话，让吕建江浑身打了个冷战，他连忙说："别，孩子，你不要傻……"

还没等吕建江说完，雨馨回了一句："开了阀门了，开的小火，一会儿就有味儿了是吗？"

吕建江一想："开的小火？这女孩儿是按做饭的办法操作煤气灶的。"吕建江深深呼出憋着的一口气，故意装作没事的样子，又将话题转移："闺女，你是哪儿的？"

"我是山西的。"

"山西啥地方的？"

"你想干吗？"

吕建江赶紧和雨馨拉"老乡"关系："孩子，我老家就在太行山里，紧挨着山西呢，咱俩应该是老乡啊！"

本以为女孩儿的注意力已回到屏幕前，不料她突然又问："煤气开着呢，可是怎么还是没有味道？"没等吕建江说话，女孩儿又发来一张图片，两只手分别捧着一大把白色药片，说："差不多就这么多药了。十几分钟了没动静……煤气明明开了。"

吕建江的神经又绷紧了，说："闺女，听叔叔的话，去把煤气关了。现在好多人关心你。"

雨馨说："那我也活不下去，活得太累。"

见女孩儿依然执拗，吕建江急中生智，立刻选了一个可能是非常重要的话题："你的手好粗糙啊，老家是农村的？干活儿多？"

"不是，城市的。"雨馨迅速回复。

吕建江马上就话套取"情报"："运城的？"

"不是。"

"临汾？阳泉？榆次？汾阳？"

"太原的。"

"哦，我在山西有好多朋友。我在太原待过，老火车站正冲着迎泽大街，那是好多年前了。"

听出真有点儿"老乡"味道，雨馨马上感兴趣地问："然后呢？"

"太原挺好，我还有亲戚在太原，快二十年没去了。你在哪个地方呢？"吕建江一边绕着弯子问雨馨，太原有啥好吃的、好玩儿的，一边继续搜索她的资料。

"哦，我在××村呢。"说完，雨馨还发来一张电子地图的截图，上面标明了她当时所处的位置。吕建江迅速将这一线索通过内网转发给了山西警方。

吕建江发现，雨馨的微博签名是："我想用最真实、最朴素的文字来介绍警察，让我们一起走近这群特殊的人、这支特殊的队伍，给他们一些理解和支持！"同时，在雨馨转发的微博中，有一半以上都是跟警察有关的内容。

"看来这个孩子对警察怀有感情。"吕建江心想。

为尽快拉近与雨馨的距离，吕建江连忙问："你喜欢警察，对吧？"

"对，喜欢。我们太原公安的'平安太原'做得挺好的，你们互相学习。"

"对对对，我们要互相学习。"

不知不觉，吕建江开导女孩儿已经两个多小时了，墙上的时针已经指向了23点。

这时，雨馨又发来一句："煤气居然没用，果断关了！思考别的方法……叔叔，煤气没用怎么办？"

吕建江马上说："孩子，那是老天不收你，说明你以后有大福啊。"

"自杀过不知道多少次，就是死不了。"

"呵呵，你大福还在后头呢。好好的，孩子，休息好，美美睡一觉，有啥想不通的，随时可以给我打电话，我二十四小时开机。"吕建江马上把自己的手机号码发给了雨馨，并对她说："明天我给你讲我小时候在太行山里的故事，很多有趣的故事，你愿意听吗？"

"嗯，好！"

吕建江见女孩儿同意了"明天听故事"，紧绷的神经放松了许多，又说："今天太晚了，你方便把你的手机号给我吗？"

雨馨爽快地发来了她的电话号码。

吕建江心里又轻松了许多，说："你现在乖乖睡觉，明天早早起床。明天咱们聊我的故事，我的故事可有趣呢：不想当兵的我入伍了，不想当医生的我穿白大褂了，不想当警察的我到派出所了，愿意听吗？"

"当兵？医生？警察？嗯，我愿意听！"

"明天叔叔一大早还要上班，我想睡觉了，行吗？"

"行，晚安。"

吕建江还是不放心，又对雨馨说："你发条微博，给叔叔道晚安。"

23：41，雨馨发了一条微博：晚安。同时附上了自己当时所在的位置。

吕建江浑身一放松，就瘫坐在了椅子上。他仰望着窗外漆黑的天空和闪烁的灯光，一句话也说不出来了……

当夜值班副主任侯龙说："这一次，我算是彻底领教了建江主任'叨叨'的本事了，竟然能用几个小时的'叨叨'把一个花季少女的生命从'悬崖'边上给拽回来！"

第二天上午，吕建江与雨馨通了电话，她不再说想轻生的话了。

雨馨告诉吕叔："我生病后家庭负担太重了。整个世界都变了，什么都温暖不到我了，呼吸都觉得胸口在疼，下着大雨也不躲，在没人的地方无声地哭，对生活没有知觉了。"

吕建江询问她说这话的原因，雨馨说，她患有重度抑郁症，感觉生病后对家庭造成的负担非常大。

吕建江又对雨馨进行了一番情深意切的开导，逐渐平复了她的心情。

就这样，一个走到悬崖边上的花季生命，被吕建江用大爱之心拯救了……

此后，吕建江一直跟雨馨保持着联系，千方百计地想帮助她早日摆脱心理困境。

深情越太行

2017年12月2日0点37分，得知吕叔去世的消息后，雨馨在微博上给吕叔留言：

吕叔，别闹了，赶紧醒来，赶紧出来辟谣啊。

叔，我是您2014年救下的那个想要自杀的女孩儿啊！

叔，我们不是说好您会等我大学毕业去看您么？

叔，我们不是说好的我去石家庄看您，一起吃驴肉火烧么？您也答应了会来太原，我请您吃太原的头脑、烧卖、双合成糕点和六味斋酱肉么？您为什么要走这么早？！

叔，您怎么没等到我去看您，您就走了。您的救命之恩，我还没来得及报，甚至都没来得及去看望您，就相隔天地了。

想不到，我和您的第一面居然会是永别。

叔，后天我去石家庄看您，送您走完最后一程。

"后天"，那是在殡仪馆与吕建江最后告别的日子。

"后天"这一天——12月3日，凌晨4点48分，一夜之间憔悴了许多的雨馨，冒着冬夜的寒风，带着红肿的双眼，登上了从太原开往石家庄的火车，她要去送她的吕叔。不，她要去见吕叔。

雨馨坐在列车上，一路哭泣，一路追忆，一路悲悼……

车厢轻轻摇晃，借着昏黄微弱的灯光，她用纤细颤抖的食指触点着冰凉的手机屏幕，在微博里写下了说给吕叔的话：

吕叔，三年了，虽然第一次见面就是永别，但是这三年间，您一直的陪伴，我永远不会忘记。

我真的希望这从头到尾都是一个谎言、一个玩笑，殡仪馆是假的、微博上是假的、所有送别您的警察和市民是假的，明天您一定又出来更新微博，和大家继续"叨叨"……

列车在冬夜的太行山间飞驰，呼啸的西北风在车厢上划出凄厉的声响。窗外幽深的黑暗中，不时有几点灯影飞速闪退，雨馨的脑海里也快速闪回着与吕叔相识三年的一幕幕往事：

自从那天晚上，吕叔把自己从生命的悬崖边上拉回来之后，三年来，每一次雨馨迷惘的时候，她都会在微博、微信上呼唤吕叔，吕叔也都会准时出现，和她说话。

一千三百七十三条微博聊天记录、八十四条微信聊天记录，深深地刻在了雨馨的生命里。

前些时候，已经上了大学的雨馨和吕叔约定：大学毕业后就去石家庄看望吕叔，还要跟他一起去吃石家庄最好吃的驴肉火烧；同时也约好了吕叔去太原，她要带吕叔去吃太原的清和元头脑、羊肉烧卖、六味斋酱肉和双合成糕点……

"吕叔啊！您食言了！从来都说话算数的您，这一次怎么也会骗人了？"雨馨在心里问她的吕叔，热泪"滴滴答答"掉落在冰凉的手机屏幕上，溅出一个个花朵般的图形，在里面她看见了吕叔无奈而愧疚的面容。

雨馨小心翼翼地用手掌拭去手机屏幕上冰凉的泪滴，就像在抚摸吕叔困倦了的脸庞……

早晨7点多，神情憔悴、头发凌乱的雨馨，脚步踉跄地走进石家庄市殡仪馆。

她把一大束黄菊花紧紧地抱在胸前，浑身颤抖不止。

当她一眼看见吕叔的遗像时，整个人立刻就被冰冻住了，只是怔怔地凝望着吕叔的面容，心中有千万句话要对吕叔说，可她一句也说不出来。泪水在两天两夜里已经哭干了，只有睫毛上泪水结成的冰花。

朔风呜咽，哀乐低回。迈着软软的双腿走进万芳厅，看见静静仰卧在白菊丛中的吕叔，第一次也是最后一次凝望吕叔慈祥的面容，雨馨突然放声大哭，长跪不起……

参加过吕叔的追悼会，返回太原之后，雨馨一直沉浸在巨大的悲痛中，沉浸在对吕叔的无尽思念中。

2018年3月31日02：02，她在微博中写道：

吕叔，我想你了。你追悼会那天我去了，永华（河北省公安厅政治部副主任——作者注）阿姨给了我一张你的照片，可惜是黑白色的。回了太原，我把它夹在了最不喜欢的一本书里，这样我就不会去翻看，也不会想起你已经离开了我们。但是，仍旧忍不住"百度"你的各种信息、你的工作照片和你的故事，仍旧忍不住找你聊天，假装是你在回复，假装你还在。

雨馨还没有看到吕叔工作过的警务站，还没看到吕叔的家，她还有很多心愿没有完成。她想在清明节那天再去石家庄。于是，她一天一天地等着清明节快快到来……

她等不及了。4月2日，雨馨又越过太行山，来到魂牵梦绕的石家庄。

夜幕降临，雨馨怀着期待而又不安的心情，迈着沉痛的步子，来到了无数次念着的吕叔工作过的警务站。

夜色茫茫，警务站依然灯光明亮。

雨馨站在远处，透过窗玻璃向里面张望，她多想一眼看见吕叔的身影啊！泪光蒙眬中，她没有看见吕叔，她看见了吕叔的名字在警务站的屋顶上闪亮：吕建江综合警务服务站。

她擦去凉凉的泪水，细细端详着吕叔的名字，就像看见了吕叔的脸庞。

她定了定神，终于含泪走进了警务站。

她把三年前答应让吕叔品尝的太原"双合成"点心带来了，用颤抖的双手捧着，轻轻放在了吕叔生前的办公桌上，泣不成声。

雨馨又掏出写给吕叔的一页信纸，恭恭敬敬贴在了留言簿上，让自己的思念每一天都陪伴着吕叔：

吕叔，我来了，我来到了石家庄，来到了您的城市。

说好的等我大学毕业来看您，您却没有等到那一天，您食言了。

我今年才大二，还有三年才能毕业，但是，我等不了了。抱歉，我来得早了一点儿，对不起，我应该来得再早一点儿。

吕叔，我还记得曾经的约定，带来了太原百年老字号"双合成"的糕点，但是，您却没机会吃了。不过，没关系，我把糕点带给了您的好战友，让警务站和桥西分局的警察哥哥和警察叔叔们替您分享吧。我带了三份，一份分给了今天在分局遇到的警察叔叔和阿姨们，一份分给了您警务站的警察哥哥和警察叔叔们，还有一份是留给您生前经常和我提起的您家的小姐姐的。

吕叔，如果还有下辈子，下辈子您早点儿出现，我们早一点儿认识，您晚一点儿离开，好吗？

吕叔，下辈子，换我来做警察，让我来守护、保护您。

走出警务站，雨馨回过头，怔怔地看着"吕建江综合警务服务站"这行明亮的大字，一幕幕往事又涌上心头，她站在寒冷的夜里，怔怔地望着警务站，一直含泪站立了三个小时，直到站得双腿颤抖，直到站得两眼恍惚……

4月3日21：11，雨馨在微博里写道：

吕叔，清明节快到了，今天上午跟着阿姨和田田姐姐一起去看您了，辛苦了一辈子，为人民服务了一辈子，您好好歇歇吧。

吕叔，我今天就要回太原了。虽然仍旧有遗憾，但是也算少了一半了。下次如果有机会，我一定会再来看您。

吕叔，谢谢您，这句话我说过很多次，但却没有一次是当着您的面亲口对您说的，这辈子是没有机会了。如果有下辈子，吕叔，希望我们早一点儿认识，希望您下辈子不要做警察，让我们来做警察，让我们来守护您、保护您。

吕叔，谢谢您给了我重新选择的机会和正视生命的勇气。

吕叔，这辈子能认识您，真好。

4月4日00：44，雨馨再发微博：

吕建江警务站的警察哥哥和警察叔叔们，谢谢你们。
在这短短两天，感谢你们给予我的温暖和关心。
石家庄是一个温暖的城市，石家庄有一群有爱心的好警察。虽然我不是石家庄人，但是仍旧感谢你们用爱温暖着每一个身边的人和遇到的人，石家庄这个城市的人民能有你们这么好的警察，真幸福。

石家庄虽然没有了我的吕叔，在石家庄虽然仍旧留有遗憾，但是，我感谢这个充满着爱的城市，感谢这个有爱的城市里的这群可爱的警察。

吕叔，您走了，但是您的善心善举会被传承下去，您爱的火焰永远不会熄灭，您爱的灯塔永远照亮着这个城市。

吕叔，今天我又陪了您三个多小时，石家庄今天的天气真冷，但是心是温暖的。

吕叔，我走了，要回到太原了。虽然有许多不舍，虽然留下了一些遗憾，但是，我来过了，曾经的承诺也算兑现了一半了，我来看望过您。

您没有走，只是在另一个空间，守护着您挚爱的这座城市和您挂念的人。

4月5日，清明节。

这一天，已经回到太原的雨馨连续发了五条微博，祭奠她的吕叔，表达对吕叔的思念。这一天，雨馨一直沉浸在对吕叔强烈的缅怀之中。

晚上，含悲一天的雨馨睡下了，但脑海里一直回想着几年来吕叔的谆谆话语、殷殷深情，辗转反侧，难以入睡，她有好多话要对吕叔说。

于是，她穿衣起床，坐在桌前，打开电脑，又在微博上写了一篇博文：

4月5日 23：54《清明祭——人间天使吕建江》：

2017年12月1日，冬日的寒风凛冽，带走了一位乐观积极的人间天使——民警吕建江。

吕叔，清明节前，我去看您了。去您睡觉的地方看您了，给您带了好多好吃的东西，那是我们曾经的承诺，我没有忘记，只是，对不起，我来晚了。

吕叔，我和田田姐姐、利平阿姨一起去给您烧纸了，心里有很多话想要对您说，但是却再也无法跟您说了，一句谢谢再也无法亲口对您说了。

吕叔，我看到您睡在那个漂亮的小盒子里，您终于可以好好休息了。

吕叔，那个盒子看起来好冷，石家庄和太原的气温也骤降了，您在天堂冷吗？天堂有鸟语花香吗？天堂有您警务站门口盛开的海棠花吗？天堂有您爱吃的饭菜吗？天堂有人间的温暖吗？我希望都没有，这样您就会后悔去了天堂，您就会回到我们身边了。但是，我也希望天堂比人间更温暖、更美丽，这样您就可以在那边生活得很舒服、很愉快了。

吕叔，我知道您累了，我只给您二百天的时间，您在那边休息好了就回来吧，现在还剩七十六天了，七十六天后，您就回来吧。如果天使不放您走，那我去换您好不好？您七十六天后一定要回来，在这边，您一样可以休息，一样可以玩儿，这里有您挂念的家人和朋友。

吕叔，转眼间您离开我们已经一百二十四天了，您牵挂着的人，一切都好。田田姐姐已经找到合适的工作了，利平阿姨也逐渐走出了伤心的阴影，您家里还养了一只小泰迪，是田田姐姐养的，特别活泼可爱。您的岳母，那位和蔼可亲的奶奶，身体很好。您牵挂着的人，一切都好。您放心吧。

吕叔，我爱您！吕叔，希望您早点儿回来，我们想您了。

4月6日，有位网友在微博里发问："如果明天就是'世界末日'，你最最最想做的事是什么？"

雨馨转发了这条微博并回答说："再去看看吕叔，再去看看吕建江警务站的警察哥哥们。"

这条微博，再一次撞开了雨馨思念吕叔的闸门，感情的洪流瞬间决堤。

于是，在距上次离开石家庄仅仅三天之后，在清明节的第二天，雨馨再一次翻越太行山来到石家庄，祭奠她的吕叔。

4月6日 13：48

吕叔，按照我们太原老一辈的风俗，今天是清明节的第二天，也是祭奠离世未满一年的逝者的日子。吕叔，我带着鲜花来看您了。您在那边还好吗？

您警务站门口的海棠花开得好美，您看到了吗？

4月6日 23：56

吕叔，您警务站的夜景真美。红蓝警灯，闪烁的是爱，彻夜明亮，保卫着一方平安。

4月7日 12：55

吕叔，今天春光明媚，您警务站门口的海棠花娇艳欲滴。许你一世繁花，温暖2018。下一个春季，我们相约海棠树下，看落日余晖和晚霞。

4月7日　13：10

吕叔，我要回太原了，明年海棠花盛开的季节再来看您。我问过您警务站的警察叔叔们，他们都没有您的彩色照片，我在石家庄北站综合警务服务站门口，终于找到了三张您的彩色照片。

您笑靥如花，温暖着石家庄这个城市；您英姿挺拔，守护着一方平安。

4月7日　14：26

谢谢警务站的警察叔叔、伯伯和哥哥们对我的关心和照顾，吕叔未完成的事业感谢有你们接替，吕叔的微博，永不下班。石家庄能有你们这么好的警察，真幸福。

吕叔，我走了。明年海棠花开的季节，再来看您……

雨馨，这个曾经因深度抑郁而失去生活勇气的女孩儿，这个被吕建江从悬崖边上拯救回来的花季生命，在感恩中治愈着自己，在缅怀中增添着生活的勇气，在敬仰中提升着灵魂的高度。

她一次次深情翻越太行山，每一次翻越都让她的心灵得到净化，每一次翻越都使她的精神境界得到升华，她的生命也因此一天天茁壮起来。

在雨馨的身上，彰显着吕建江品格和精神强大的感召、鼓舞和激励的力量。

雨馨一次次深情穿越太行，也让许许多多的网友为之感动。他们纷纷祝福雨馨，风雨彩虹，丽日新生，幸福吉祥！

2018年5月27日，雨馨给利平阿姨和田田姐各写了一封信。

雨馨把这两封信称之为"家书"——她已经把自己当成了吕叔家庭的一员。

一封家书——写给利平阿姨

亲爱的利平阿姨：

您好！

时隔六个月，再次回忆起吕叔曾经带给我的温暖和关心，眼泪打湿了衣襟。哀叹老天不公，岂能让英雄离我们远去……

利平阿姨，曾经和吕叔的交流中，时常听吕叔提起您。吕叔曾经和我说过："叔家有位温柔贤惠的阿姨，等叔不忙了，带阿姨去山西旅游。"在吕叔曾经发的微博中，也时常有您的"身影"，有吕叔充满爱意的"抱怨"——您又批评他不注意身体。

利平阿姨，我听公安局的警察叔叔阿姨们说过一句话："老吕走了，家里的天塌了，老吕生前最爱的就是嫂子和闺女。"让我十分敬佩的，是您面对生活、面对造化弄人的勇气。吕叔走了，家中照顾老小的重任不得不交付于您。照顾年迈的母亲，把肩膀依靠给闺女；鼓起生活的勇气，把哀伤和泪水埋在心里。

利平阿姨，吕叔追悼会那天，我见到了您。流干泪水的双眼，颤抖的双腿，旁边的亲友默默地陪伴着您。您是吕叔生前的宝，曾经约定过相守到老。从贫瘠的农村土地，到绿色军营，从绿军装到藏蓝色警服。工作岗位的转变，使吕叔陪您的时间越来越少，但您看在眼里，疼在心里，疼的不是他不陪您，而是他劳累的身体。

利平阿姨，清明节前夕，我又见到了您。并不高大的身躯，却无比地坚毅挺立。在吕叔的灵位前，您说了一句："老吕，我们来看你了。"然后就强忍住即将滚落的泪滴。

利平阿姨，您的爱人吕叔是英雄，是最优秀的人民警察。对于远在200多公里之外，并不属于他工作辖区范围内的事情，一个外省患抑郁症女孩儿的自杀危机，近五个小时的陪聊，随后持续三年的陪伴，他给了我生活的信心和活下去的勇气。三年间，多少个不眠的夜里，都有吕叔的陪伴和开导……谢谢吕叔，更谢谢默默陪伴在他身后的您。

利平阿姨，吕叔是英雄，他把一生都奉献给了人民，却没有更多的时间陪您。利平阿姨，吕叔用爱温暖了这个世界，用"大智若愚"把我从生命的悬崖边上救了回来，但他曾经的"承诺"却没有了亲自兑现的机会。利平阿姨，吕叔走了，他曾经的"承诺"我来替他完成。利平阿姨，我会把吕叔曾经给予我的爱全部给您。

利平阿姨，吕叔虽然走了，但是他的爱永远不会消失，他对每一个人的认真负责，所有人都看在眼里记在心里。曾经，吕叔把我当亲人一样安慰，现在，您就是我最亲的人。虽然吕叔离开了，但是远在200多公里外的雨馨，会永远陪伴着您。

利平阿姨，您是英雄的妻子，您是最优秀的警嫂，您是我没有血缘关系的亲人。

此致

敬礼！

爱您的　雨馨

2018年5月27日

一封家书——写给田田姐姐

可爱的田田姐姐：

你好！

吕叔离开我们这么久了，我悲伤的心情也是至今未能平静。这段日子里，我几次去石家庄看望吕叔，也是探寻吕叔爱的足迹。很抱歉，六个月过去了，我才有勇气用这样的方式和你交流。

田田姐姐，曾经我和吕叔的交流中，经常会提到关于你的话题。2014年吕叔将我救下后，吕叔说过，他家里有一个在上大学的小姐姐，说过等小姐姐大学毕业会带小姐姐来我们山西旅游，说过等我大学毕业去石家庄看他的时候，会带家里的小姐姐和我一起玩儿。在后来三年的聊天中，也会时不时提起你，每次都免不了会说一句："等小姐姐大学毕业了，带她去你们山西旅游，你给我们做导游啊。"然而，造化弄人，我们谁都没有等到那一天。

田田姐姐，吕叔去世后，在追悼会的现场，我看到你已经哭干了眼泪，双腿打战，两边有你的同学扶着你。那个时候，我真的特别想抱抱你。父亲去世后，作为独生子女的你是那么的坚强，在妈妈面前从未有过哭泣；父亲离世后，被父母宠爱长大的你，把生活的担子挑在肩上。让我既感动，又敬佩。

田田姐姐，我了解到，你出生在部队，在父母的陪伴呵护下度过了幸福的童年时光，在温馨美好的家庭中成长。但是，自从吕叔转业做了警察，几天见不着面是常事儿。每次遇到难得的可以一起出门的机会，父女间的甜蜜是那么的清晰。就像你曾经说过的一句话："在父亲眼里，人民群众再小的事儿也是大事儿，家里再大的事儿都不是事儿。"这其中，虽然包含着埋怨，但更多的是惋惜，心疼他为了人民群众而忘记了照顾自己。

田田姐姐，清明节前夕，我再一次见到了你。清秀的脸庞，浅浅的笑意。你把那份对父亲的思念永久地埋藏在了心底。在吕叔的灵位前，你咬着牙忍住了即将流下的泪滴，紧紧拉着妈妈，心里是否也在默默地给自己鼓励？我想，是的。

田田姐姐，你的父亲、我的吕叔，他是全世界最棒的人民警察，全世界最可爱的人民警察，是最无私的英雄。

我永远都不会忘记，2014年12月10日20：48到2014年12月11日01：29，一条网线，在微博上，近五个小时的耐心陪伴，将我从自杀的危机中拉了回来。2014年到2017年，一千三百七十三条微博聊天记录，八十四条微信聊天记录，每一次贴心耐心地陪伴，总是在我最需要的时候出现，关心和陪伴从未晚点。他比父母更贴心，用爱传递着世间的温暖。

田田姐姐，你并不孤单。你有爱你的妈妈，也有一个远在200多公里外的小妹妹。我将吕叔视为家人，你也是我最亲的姐姐。吕叔是人民的英雄，你是英雄的女儿。曾经，吕叔用全部的爱温暖世界，用"大智若愚"给了我走向明天、探寻未来的勇气；现在，我将吕叔给我的爱和关心，全部给你，吕叔未兑现的"承诺"我来履行，山西永远欢迎你！

此致

敬礼！

爱你的小妹妹　雨馨

2018年5月27日

一枝一叶总关情

"衙斋卧听萧萧竹，疑是民间疾苦声；些小吾曹州县吏，一枝一叶总关情。"吕建江非常喜欢郑板桥的这首诗。

他就是这样一棵绿树，把根扎进大地，一枝一叶都闪耀着对百姓的深情。

◎雨夜送砖

那天，大半夜了，天下着雨。

有网友在微博上给吕建江发来私信说："我的车轮胎坏了，要更换轮胎，但随车带的千斤顶高度不够，备胎安不上，咋办？"

吕建江即时回复说："咋办？我帮你找砖头呗！我的辖区我熟悉，我知道哪里有砖头。走，弄砖头去。呵呵，啥活儿都得干。"

深更半夜，冒着大雨，吕建江披着雨衣，打着手电，"吧唧吧唧"踩着水，来到辖区的一个偏僻处，找了几块湿淋淋的砖头，抱到车上，就给网友送了过去。下车，搬砖，冒雨帮着网友换上了备胎。

网友感动得不知道说啥好，握住吕建江的手一个劲儿地摇。

事后，这位网友在微博上写道："一个警官，为一个素不相识的人雨夜找砖、送砖、换备胎，这事儿您在世界上从来就没听说过吧？但吕蜀黍就这样做了，是为我做的。我是该感动呢还是该感谢呢还是该感叹呢？"

◎信　　任

2012年平安夜，有网友发微博并@吕建江，说："平安大街与裕华路交叉口，由于天气寒冷，路牌已经卧地不起，望有关部门解决！"并且在微博上叫板："如果没人扶的话，我就去扶。"微博还配发了图片，可谓"有图有真相"。

但那个路牌所在地，并不在吕建江的辖区，他推诿一下或者解释一下，都是可以的。但是，吕建江对网友的"叫板"，很认真地"接招"了。

在问清楚具体位置后，吕建江与路牌所在辖区的警务站主任取得了联系。随后，在很短的时间内就协调石家庄市地名办，更换了新的路牌。

事后，那位网友才知道，卧地不起的路牌不在吕建江的辖区。为此，他成了吕建江的铁杆粉丝。他说："我认定了，他是个好警察！"

吕建江说："网友既然@了我，说明他对我是信任的，而信任是最宝贵的。"

◎"白雅倩"是谁？

2013年6月6日，全国高考的前一天，一则"捡到石家庄白雅倩准考证"的消息，在石家庄的微博圈里满天飞，好多人在转发，也有人转给了吕建江。

吕建江没有盲信，也没有置之不理，他亲自在内网进行了核查，确定了今年石家庄市并没有叫"白雅倩"的学生参加高考。

然后，他再到网上进行了搜索，发现全国好多地方都有这条微博在传播，但地名却不是石家庄。他感到这是一条虚假信息。

吕建江马上发布微博："石家庄没有'白雅倩'，丢失准考证的信息是骗人的。"

在一天时间里，吕建江的这条微博被点击、转发超过十一万次，揭露了骗局，传播了真相。

人民网"求真"栏目点评说：石家庄警方反应迅速，及时为群众揭露诈骗信息，点赞！

◎蹲在墙角的男人

2015年，一位网友通过微博"老吕叨叨"认识了吕建江。

这位网友犯过错误，被打击处理过。当时他没有工作，没有朋友，家里人也不待见他。他觉得人生黯淡无光，失去了生活的勇气。

一次，他在网上浏览到了"老吕叨叨"的微博，觉得这个警察很亲切，就想对他说说心里话，但他一时还没有勇气给老吕发私信。他想，人家是警察，怎么会待见我？我也甭自找没趣。

可是，他越看"老吕叨叨"微博上发布的信息以及他和网友的互动，越觉得老吕很亲切。于是，他鼓足勇气，怀着试一试的心态，给老吕发了私信。

没想到，老吕很快就回复了。

在得知这位网友的具体情况后，吕建江就让这位网友到警务站去找他谈心……

就这样，他成了吕建江一位"特殊的朋友"。

有时候，吕建江还会邀请这位朋友到小饭馆喝两盅，酒酣耳热之际，为他化解心里的疙瘩。在吕建江的开导和鼓励下，这位朋友逐渐振作了起来，还找到了工作，从此开始了新的生活。

在相处的两年时间里，老吕已成了他无话不谈的老哥。

2017年12月1日，这位朋友顶着寒风跑了几十里路，前去参加吕建江的遗体告别仪式。

从吊唁大厅出来后，这位中年男人独自蹲在殡仪馆的一个墙角里，默默抽着烟，悄悄落着泪，一直不舍得离去。

他反反复复念叨着："老哥啊，你这一走，我就没有亲人了，我向谁说心里话呀？"

说罢，双手捂脸，泪水从指缝中流了出来……

◎珍藏在心

吕建江走了，无踪无迹，犹如一缕清风。

但是，只因他已飞过，天空还是留下了翅膀的痕迹。

这痕迹，更是深深地刻在了人们的心里。

在多少网友的心里，都珍藏着难忘的"有一次"，这已经成为他们心中永恒的记忆。

"单行道111"

有一次，我正在家里睡觉，突然听到有人用东西拧我家的门锁。

我从猫眼看出去，是个戴帽子的人。我大声问："谁啊？"

听到屋里有人，那人说走错门了，便仓皇离开。

我怀疑是小偷来踩点，就把这件事发到微博上，并@"老吕叨叨"。

他立刻回复了我，还向我详细介绍了一些防范措施。

从那以后，我和吕哥互动越来越多：我们一起为成都的网友寻找在河北的恩人，一起寻找走失的老人……

些许小事，小若微尘。但吕哥就是用多如繁星的微尘小事，成就了他的伟大，也在老百姓心中树起了一座丰碑！

"哈石家庄"

有一次，我在自己单位楼上看见楼下一辆车没关车窗，就@"老吕叨叨"。

当我办完事回到单位时，听到同事们正在夸奖"一个警察提醒车主关车窗"的事。我知道，是您吕叔做了好事没留名。

他是一名普通民警，做着极其平凡却又极其不平凡的事，他深受网友的爱戴，他深受市民的尊敬。一个人做一件好事并不难，难的是天天都做好事。做好事已经成了他的习惯。

爱您、敬您、念您，吕叔！

"开心一刻"

我是一名聋哑人，有一次在网上购物被骗了三千二百元钱，心急如焚的我试着@"老吕叨叨"。

吕哥知道我打字慢，就一直耐心地等着我，一条一条回复，一直和我聊到了凌晨，这让我非常感动。

虽说被骗了三千多块钱很伤心，但因此认识了吕哥我又很开心。

后来，我和吕哥成了无话不说的朋友。

过去无话不说，有你倾听；现在无话可说，谁来倾听？

但我还是想说，因为我认定，我说的话，吕哥你一定能听见！

"石家庄的事儿"

有一次，我正和老吕交谈。他看了一下手机，说一个小姑娘自行车掉链子了，在网上@"老吕叨叨"，想找他帮忙。

"应该就在附近。"他说着就走出了警务站。

吕哥回来时，两手全是乌黑的油泥……

只是看到网上的留言，他就能跑过去帮忙挂上自行车链子。

哦，这事儿真的太小了。

但是，这极小的小事儿，又有多少人能做到呢？并且能一直坚持做呢？

我相信，那个小姑娘这一辈子都会记住：安建桥警务站，曾经有个满怀爱心热心的吕蜀黍！

一件小事能让人记一辈子，这样的人永远活着！

◎ "吃螃蟹"的往事

吕建江是一个敢想敢做的人，也是一个善想善做的人。

从留村社区到安建桥下，从线下到线上，在石家庄、在河北省甚至在全国警界，他开创了一个个"第一"。他那一个个"吃螃蟹"的往事，让他的兄弟们崇敬难忘，更让石家庄人民铭记在心。

寻寻觅觅

吕建江担任安建桥综合警务站主任后，细心的他发现，总有热心市民将捡到的各种物品交到警务站来，有身份证、存折、现金等。

他看着交来的物品，静静地躺在那里，等着它的主人。吕建江心里就想：丢失物品的人犹如丢失"孩子"的父母，该是何等焦躁不安呢。再说，丢失了这些物品，多耽误人们的事啊！

事关百姓切身利益，吕建江很着急。

　　怎么解决这个问题呢？

　　吕建江想到了网络的力量。"对，做一个'失物招领网站'，让捡到物品的人和丢失物品的人有一个共同的信息发布和查询平台。"

　　说干就干。凭着做"网上警务室"打下的基础，他着手搞设计、租空间、跑备案。一个个不眠之夜，一次次熬红双眼。2012年2月，"石家庄失物招领网"上线了！

　　网站设置的栏目有"找呀找呀找""谁把俺丢了""表扬Ta一下""想说就说嘛"，栏目的名字贴切又诙谐，清晰又实用：既有失物招领，又有寻物启事；既有弘扬正气的表扬栏，也有宣泄情绪的"拍砖"板块。失主通过网站搜索功能，可以查找丢失的物品，可以知道自己的东西放在什么地方、找谁联系，甚至连交通路线怎么走都标好了。

　　2013年6月13日晚，吕建江收到了一则寻物信息：北京的一名女大学生丢了一部价值近五千元的三星手机，这个女生通过三星公司查询到手机正在保定被人使用，希望"失物招领网"能够帮助她找到手机。

　　按说，吕建江为女生在网上发布一个"寻物启事"也就行了，但吕建江心想，既然女生已经知道了手机在哪里，最重要的是尽快找回手机。

　　于是，吕建江立即用短信和女生取得了联系，进一步了解核实情况。随后，在同事们的一起努力下，几经周折，终于为女生追回了手机。

　　女生激动地给他发来短信："吕警官您好！……谢谢您以

及和您同样负责的好民警。"

2014年初，一辆出租车停在了警务站门前，一位陌生女士急匆匆走了进来。

"请问，哪位是吕警官啊？"

"我就是，您请坐！有什么需要我帮忙吗？"

原来，这位女士在石家庄火车站和老公走散了。她乘出租车找老公的时候，出租司机对她说："你要找老公是吧？那你找吕建江去吧。"

女士一愣，瞪了司机一眼："你开什么玩笑啊？我找吕建江干什么？他谁呀他？"

司机乐了，说："吕建江是警察，他有个失物招领网，什么东西都能找，说不定能帮你找到老公呢。"

女士一听"警察"，觉得还沾点儿边，但"失物招领网"，这和找老公哪儿挨着哪儿啊？

司机师傅就眉飞色舞地给她介绍起来，吕建江如何热心肠，如何真心为群众办事。女士一听，觉得这是一个好警察，也是一个好办法。

于是，她就来安建桥警务站找吕建江来了。

听完女士的述说，吕建江有点儿犯难：一来火车站不是自己的辖区，再说"失物招领网"也从来没有寻过人啊！但吕建江又想，我们不是常说"有困难找警察"吗？群众的难事儿，再难也得帮。

他对那位女士说："好，我帮你找老公。"

吕建江先通过电视台、广播电台发布了寻人信息，又拨打了110、120、救助站的电话一处处询问，但都没有线索。

接着，他又在休息日开着自己的私家车，拉上当事人在火车站附近一圈圈地找。几乎试遍了所有方法，可始终没有音讯。女士焦躁不安。

吕建江劝慰她："别急别急，我再想想办法。"其实他心里更着急。

随后，吕建江又掀起了新一轮的找人高潮：他发动身边所有的同事、亲戚、朋友帮忙寻找、寻找、再寻找……

真是"苍天不负有心人"，终于在一位医生朋友的帮助下，在平安医院找到了女士走丢的老公。

当吕建江拉着女士来到医院后，她上前抱住老公，失声痛哭。可她老公神志有些模糊，也说不清自己是怎么来的医院。据医生判断，可能是遭遇车祸之后，肇事司机把他扔到医院就跑了。

终于找到了老公，女士深深地给吕建江鞠躬道谢："遇到您，是俺的福气。"

吕建江说："帮助您，是我的责任。"

"石家庄失物招领网"影响越来越大，网站的效率也越来越高，网站上刊登的招领信息，最快的不到十分钟就找到了失主。

后来，网站发展成了"河北省失物招领网"。

"帮帮我，帮帮我"

随着私家车越来越多，停车难的问题也越来越突出。

有时候，由于汽车挡道，焦急的被挡人不能很快找到车主，往往还会引发纠纷，甚至恶化为治安案件。

仅仅在安建桥附近，警务站曾经在半小时里接到五个挡车的报警。

这个问题怎么解决呢？吕建江又开动了脑筋。

2013年3月，吕建江自制了一种带有司机电话号码的移车卡，交给各小区门卫，免费向车主发送。

但这普通的移车卡也有一定的弊端：车主的电话号码、车牌号会被他人随意看到，甚至还有"抄号党"在街头抄走车主信息倒卖，致使车主遭受信息骚扰甚至损失。

"怎么办？"吕建江又苦思冥想起来。

经过走访群众，调研思考，吕建江选择了和第三方信息平台合作，于2016年在河北省推出了第一个"微信挪车卡"。

"微信挪车卡"不再写车主电话，取而代之的是服务电话，使用非常简单方便：车主注册后，得到一张硬纸卡，上面印有服务电话"4000885885"（谐音"帮帮我，帮帮我"）、客户代码以及二维码，放到车前窗即可。有人需要移车，只要拨打服务电话或者扫描二维码，输入客户编码，系统就会自动转接到车主手机直接联系车主。这种新型的挪车卡，既解决了挪车问题，又避免了隐私泄露。

不长时间，这种新型挪车卡就在石家庄市区派发了三千多张。这种不泄露个人号码的挪车卡，车主放在包里，也可以作为一种身份信息的凭证，同时也给警务站日常的出警工作带去了一些便利。

后来，这种"微信挪车卡"在石家庄得到了推广应用，收到了很好的社会效益。

急急急！

安建桥警务站位于闹市区，四周居民密集，人口众多。

在警务站，吕建江时常接到"老人走失"的警情，在微博上也经常看到"寻人"信息，有时还有热心人将找不到家的老人送到警务站。

老人找不到家着急，家人找不到老人更着急，警务站找不到老人的住址也着急！

有些群众担心老人走失找不到家，就在老人口袋里装上卡片，写着姓名、住址和联系电话。但这样又很容易泄露信息，让不法分子钻空子。

吕建江一次次为这事儿着急。

急急急！吕建江急中生智，智解难题。

2016年，他制作了老人专用"黄手环"，这是用黄色软塑料制成的手环，手环上标有中间平台联系电话和每个手环特定的代码，还可在手环上注明佩戴者的姓名以及血型，以备紧急情况下救急使用，佩戴起来方便轻巧。

警务站为老年人发放了不少黄手环。可是，吕建江在平时出警时，还是经常碰见走失的老人，但这些老人很少有佩戴黄手环的。

这是为什么呢？

为此，吕建江进行了专门调研。原来，很多老人并不愿意佩戴这种黄手环，他们觉得戴上了黄手环，就是在告诉别人"我有问题",伤害了自尊心。

弄清原因后,吕建江就开始想办法,解决这个问题。

那天,吕建江去路边买菜,卖菜的是一位老大娘。

选菜、过秤之后,老大娘说:"八块五毛钱。"

吕建江正要掏钱付款,只见老大娘从口袋里掏出两张卡片,说:"扫码吧,这个方便,你用微信还是支付宝?"

吕建江一愣,没想到这么大年纪的老人都在使用微信支付宝收款了。他忙说:"微信吧。"于是,老大娘把微信二维码递到面前,吕建江很快就扫码支付了。

这时,吕建江灵光一闪:"黄手环是不是也可以做成二维码呢?"

经过一番研究、构思和设计,并由一家网络公司提供技术支持,2017年4月,吕建江终于制作出了河北省第一个"微信二维码黄手环"。

"微信二维码黄手环"从外观来看,就是一个普通的二维码卡片。你可别小看这个卡片,它不仅能把原来老式"黄手环"涉及的老人个人信息全部容纳下来,同时根据老人实际需要,还可以将二维码打印后裁剪成不同尺寸,放在兜里、钱包里、插在公交卡卡套里,携带起来更方便,这就可以很好地照顾到老人的尊严。

此外,这种"微信二维码黄手环"还采取了"注册授权"措施,老人在注册时就有"授权民警可看""授权医生可看"等选项,只有经警方注册授权的民警、医生等相关人员才能够扫码看到老人的信息。随身装上"微信二维码黄手环",老人就像系上了"安全带"。

当吕建江把一个个"微信二维码黄手环"送到老人手里时，他也把一颗金子般的心奉送给了老人。

老人都为他竖起大拇指。过去的"急急急"变成了现在的"好好好"！

"汤姆猫"来了

为群众服务，吕建江总是千方百计；创新服务方式，开辟服务途径，吕建江从不满足。

2013年，吕建江注册开通了他个人的微信公众号——片警吕建江，他把搜集整理的常用便民信息，比如户籍、出入境、驾管、失物招领等信息放在后台，从此又打开了一条为百姓服务的通道。

2015年，吕建江升级了微信公众号，并更名为"石门叨叨警"，还增加了聊天机器人版块。聊天机器人取名为"小吕叨叨"，二十四小时自动回复市民需要了解的相关公安业务问题，通过模糊对话就能快捷地得到答案。如果遇到不能点播的问题，吕建江就亲自用微信一对一回复。

让"石门叨叨警"尤为"吸粉"的是，吕建江推出了《嘿，喵警长》防骗系列动画小视频。

"汤姆猫"是一款手机游戏，能把人说的话转换成卡通片里稚嫩的声音，还配有道具和搞笑的桥段，但是时长不能超过一分钟。这一分钟特别考验制作者的表达能力和编辑能力。

吕建江连续琢磨了一个月，在几十次实验后，终于录制成功。从此，既幽默又实用的"汤姆猫"就来到了网友面前，引来一片赞誉。

吕建江还和同事、网友一起，自导自演了防电信诈骗的微电影《钻空子》，还录制了"会说话的汤姆猫"视频，大力宣传防范入宅盗窃。

网友们评价说，现在很多人是用微信公众号为自己谋利，吕建江的微信公众号全都是为老百姓服务，并且是想方设法去服务，千方百计服好务。这样的警察，老百姓一百个信服！

微信，让吕建江在群众中越来越有"威信"。

从"菜鸟"修炼成"达人"，再从无名"小白"修炼成"大咖""网红"，吕建江在长达八年的时间里，一"网"情深为群众，怀揣的是大爱，付出的是心血，彰显的是责任，服务的是百姓，而收获的是一声声"谢谢"、一次次"点赞"、一个个"粉丝"。

吕建江所做的这一切，都为"人民警察"这个崇高的称谓增添了无上的荣光！

永远的"老吕叨叨"

吕建江最初注册的微博名叫"片警吕建江"，那时他还是留村社区的"小片警"。

为了服务百姓，在现实工作中，他从一个寡言少语、不善言谈的人，练出了滔滔不绝的嘴皮子。

为了服务网友，在虚拟的微博上，他又从不紧不慢地发帖变成了终日"叨叨"个不停的"大叔"。

注册微博的第二天，吕建江从他的第四条微博起，就开始为百姓、为网友"叨叨"起来了。这一天，他"叨叨"了两次：

2010年7月15日　10：47

近期入宅案件多发，大家晚上休息时一定注意关好门窗，尤其不要忽视卫生间、厨房的窗户，楼层高的居民也不要麻痹大意。自己关好门窗，插好插销。望互相转告。

2010年7月15日　19：58

教您一招：您在外出行走时，要走人行道，背包时要左肩右斜，防止抢夺。包尽量放在胸前，防止被盗。

此后，在长达八年的时间里，从黎明到深夜，在微博里几乎天天都回响着吕建江为百姓利益不停的"叨叨"声。

一天，有个网友对吕建江说："你为群众操心真是操到家了，天天都能听到你老吕叨叨，真亲切，真感动，赞赞赞！"

吕建江心想，是啊，如今俺老吕是挺能叨叨的，一天不为群众叨叨几句，这心里就不踏实。干脆，我就把微博名改成"老吕叨叨"得了。

于是，他的微博就从"片警吕建江"改成了"老吕叨叨"。

这一改，他为百姓"叨叨"得更多了，更细了，也更深情了。

听"老吕叨叨",已经成了他"粉丝"们的习惯,一天没听到"老吕叨叨",心里就觉得空落落的。

2013年12月28日,老吕的微博一天没动静,网友"雨荷"就给吕建江发来了私信:"什么情况啊?吕哥,微博一天没更新哦。"

吕建江看到后回复:"昨天忙,一天没有发微博。我这个小小的一线民警能得到这样的关注、关心,倍感温暖,谢谢您啦!有您的支持,我会一直叨叨下去。咱们拉起手来,一起发现正能量、创造正能量、传递正能量,好吗?"

仅仅过了一年,"老吕叨叨"就被新浪网评为"2015年河北最具影响力人物"。

"老吕叨叨"吸引了越来越多的"粉丝",成了石家庄警界一张靓丽的名片。吕建江也由当初的"菜鸟""小白"修炼成了微博界的"大咖""网红"。

2016年2月1日,吕建江发微博说:"微,小也;微人物,小人物也;老吕叨叨,微不足道,感谢微博给予的平台,感谢网友给予的关爱。感谢你、你、你,还有你,猴年我们继续前行!"

2017年的元旦到了!

这一天,"老吕叨叨"收到了众多网友的祝福。第一个给"老吕叨叨"留言的网友"再见哈喽"发的是一副对联的图片。

上联：无人报警；下联：辖区安定；横批：天下太平。
这对安建桥警务站一年的工作是满满的肯定。

2017年夏天，吕建江终于"叨叨"了一次自己：

2017年7月27日　22：37
困死我了，困死我了……

众网友在下面心疼地留言——

北京三木："多注意休息老哥，多喝水夏天。"
茶花："累了一定要休息，不能过度透支自己的身体。
健康才是革命最好的资本。"

尽管困倦得要命，吕建江还是一如既往继续为百姓"叨
叨"着。
那么多网友的咨询等着他回复，那么多涉及百姓切身
利益的事情等着他"叨叨"，警务站的日常工作更是等着他
去做……
他没时间打一个盹儿，他更不会偷一次懒。
2017年7月30日22点18分，河北广播电视台发了一条微
博提示："熬夜等于熬命！今天你还熬夜吗？"
吕建江在22点20分转发并评论说："熬！不熬咋办？"
网友回复他："蜀黍辛苦了，庄里有你们，人们才能放
心地去睡！"

从2010年7月14日注册新浪微博到2017年11月30日，吕建江已经在网上为群众"叨叨"了八个年头。

八年里，吕建江凭着对人民的大爱之心，为百姓排了多少忧、解了多少难，谁也说不清。

八年里，为了百姓，为了自己那份初心，为了肩头那份使命，吕建江在网上"叨叨"不止，在网下奔波不停，他透支着自己的健康，也透支着自己的生命。

但他乐此不疲，无怨无悔。

谁也不会想到，这位深深爱着百姓的普通警察，这位被百姓深深爱着的朴实警察，正在走向他生命的终点。

2017年11月30日，这是吕建江在微博上"叨叨"的最后一天。

这一天，他发了九条微博，是"老吕叨叨"发微博最多的一天。

这天下午4点14分，他转发"中国警察网"追记秦皇岛抚宁镇派出所所长潘权的文章，并写下评论——

我认识潘所长还是他在北京参加公安英模大会后，他给我的第一印象：我和他年龄相仿却觉得他比我老、比我憔悴；第二印象：腼腆、不爱说话；第三印象：工作狂，没聊几句就谈到了工作。我和其他同事聊的时候，他偶尔憨憨一笑，同事说了他的一些事，我才对他有所了解，这么好的所长怎么就突然走了，唉。

20：40，吕建江转发了潘权的女儿潘柏屹追忆爸爸的文章《我眼中的他》，并置顶微博。

22：02，吕建江发出了他此生最后一条微博——

一位做公益的石家庄网友"庄亲大本营"@了"老吕叨叨"："亲人们，帮转一下！"

吕建江给予了"友情转发"。

此后，"老吕叨叨"戛然而止，没有了动静。

八年来，习惯了"老吕叨叨"的网友们，突然就听不到"老吕叨叨"了。

第二天，有消息传来：12月1日，老吕走了！

网友们一片震惊，一片疑惑：

"怎么回事？别吓我，吕叔不是好好的吗？"

"多么希望这是个谣言……"

"吕哥你回我句话，你回了我，我就去骂那帮造谣者！快，我等你回话！"

"从听到消息到现在，一直在默默落泪，心已碎……"

"这不是真的！"

可是，这是真的——老吕永远停止了"叨叨"！

河北省公安厅、石家庄市公安局公布吕建江不幸去世消息的微博，一天的浏览量就高达二百多万次，转发、点评上万次。

不愿相信，不敢相信；缅怀深深，悲痛刷屏！

在"老吕叨叨"最后一条微博下面，有将近五百位网友的留言，寄托了对吕建江的哀思……

网友"鹿台一卒"写诗怀念"老吕叨叨"：

我们再也听不见老吕的叨叨：

老吕的叨叨春风化雨，

老吕的叨叨温暖周到。

叨叨中彰显着执政为民的胸怀，

叨叨中倾注着服务百姓的情操，

叨叨使人民警察可亲可爱，

叨叨使党和政府形象更高……

安息吧，老吕！

未竟事业战友们会继续完成！

愿你一路走好！

从2010年7月14日到2017年11月30日，吕建江一共发布了多达一万七千三百五十七条微博，平均每天近七条。

这些微博绝大多数都是他利用休息时间发布的，他为此付出了多大的心血啊！

他拥有两万八千四百五十八名"粉丝"，是名副其实的"大咖""网红"。

自从开通了微博，吕建江就没有了"辖区"之分、"职责"之分、"上下班"之分，他被群众誉为"永不下班的警察"。

通过"老吕叨叨"这个平台，吕建江已经不单纯是一名治安警察了，他的工作跨地域、跨警种、跨时空，他几乎做了所有能做的警务服务。

"老吕叨叨"在线上线下拥有极高的影响力，"有事找吕叔""信谁不如信吕叔"成为网友们的口头禅。

"老吕叨叨"连续五年被新浪网评为"河北十大公职人员微博"，吕建江连续两届被人民网、新浪网联合授予"全国十佳惠民公职人员"称号。

"老吕叨叨"，服务百姓，爱民情怀，日月可鉴！

吕建江永远地走了，但他未竟的事业仍在延续。

2017年12月30日上午，河北省委书记王东峰来到"吕建江综合警务服务站"，深入了解了吕建江的生前事迹。他表示，要大力宣传吕建江同志的先进事迹，教育全省政法公安系统不忘初心、牢记使命，立足本职、服务群众，动员全社会关心支持政法事业，凝聚强大正能量，努力建设新时代的平安省会、平安河北，不断提升群众的获得感、安全感。

2017年12月30日22：20，网友"永华的小菜园"（河北省公安厅政治部副主任兼宣传处长贾永华的微博——作者注）发出倡议：

老吕走了快一个月了，你们会不会经常想起他？我会。我很想念我的这位兄弟和战友。你们中的谁，和他有过什么样的过往？可以私信给我，告诉我你眼中的吕建江。今天上午，省委书记去了吕建江警务站，了解了老吕的故事，对他给予高度评价。他的故事不会被遗忘。

这个倡议，立刻引起网友们的热烈反响，许多人都在追忆着"老吕叨叨"的那些追忆不尽的"网事"。

"V阳光晴子"第一个留言说：

走到那个路口，我就想哭。明年春天，海棠盛开的时候，吕叔的微博又该晒他的花花了吧。

网友"老吴闲话"说：

从没有见过面的老吕，每天都会在微博里相遇。开通微博七年多，好事做了几火车，时时刻刻为百姓，堪比邻居老大哥。

网友"晨雪"说：

每次遇到事情咨询时，您总是不厌其烦地热心帮忙，您就像我的亲人一样，让我怎么把您忘记……

2018年1月1日，网友们又听见了"老吕叨叨"的声音：

大家好，我们是吕建江主任的战友。吕主任走了，但是他的精神永存。我们"吕建江综合警务服务站"的全体人员会学习吕主任心系群众、无私奉献的高尚品格。我们会立足本职，努力工作，继承他未竟的事业，做吕建江式的好民警，擦亮"老吕叨叨"这个品牌，不辜负大家的期待！

在"安建桥综合警务服务站"更名为"吕建江综合警务服务站"之后，他的战友们也接过了"老吕叨叨"这个为民服务的网上平台。

吕建江的精神和生命在这里传承着，延续着。

"老吕叨叨"永远在百姓身边！

第六章

思念绵绵

追忆那个身影

2017年12月1日，石家庄寒风呼啸，草木含悲。

警务站前的那片海棠树，今天没有等来那个熟悉的身影，却等来了一个噩耗。

海棠树那柔软的枝条，一下子干瘪了许多，苍老了许多，在寒风中悲戚地摇晃着。

安建桥警务站，吕建江昨天下午刚刚下班离开的地方，也是他坚守了六年两千多个日日夜夜的地方。可是，仅仅离开了十个小时，他就与这座血肉相连、日夜相依的警务站，天地永隔了！

"苍天何故妒英才，此处不再有建江。"朔风呜咽，海棠落泪。

警务站里，靠墙摆放的文件柜上，依然挂着吕建江生前常穿的那件冬季警服。

警服平平整整，警号007798依然醒目，警号上方佩戴着鲜艳的党徽。

这件警服，还在默默等着主人归来，但却永远也等不来了。

警服静静，好伤心，好孤独……

警务站的空气凝固了，值班民警个个泪眼婆娑，面色凄楚。

桌上的办公电脑，屏幕保护都设置成了白底黑字："沉痛悼念亲爱的战友吕建江同志。"

办公桌上堆满了群众敬献的白菊花，白得那么刺眼，刺得人们的眼睛好疼好疼。

警务站外，车水马龙，繁华依然；警务站里，对讲机还在呼叫，只是声音嘶哑哽咽了。

阵阵寒风，掠过警务站旁边空荡荡的电线，发出"呜呜"的声响，一群黑色的小鸟散落在电线上，像是泣诉的音符。

"师傅他突发疾病，今早7点走了。师傅有点儿累了，让他好好休息休息吧……有一次他值完班，家里有些事情，开车回去时，由于太困了，几乎开不了车，为了保持清醒，师傅就咬了自己的手指头，都咬出了血。他真的有些累了……"年轻的民警边说边哭，最后泣不成声。

一位银发白髯的驼背老人，拄着拐杖，颤颤巍巍地赶来了。

他是吕建江曾经帮助过的社区居民。老人想打问一下，消息是真的假的？

当得知吕建江真的走了，老人的背一下子驼得更厉害了。他扶住墙壁，呆呆地站在那里，久久不动，嘴里不停地自言自语："小吕啊，你可是个好人呐！"

阳光照着老人满是皱纹的脸庞，浑浊的泪水在眼睛里滚动。

王先生急匆匆赶来了。

他推开警务站的门，刚迈进一只脚就急切地问："我想打听下，网上说的老吕是不是……"话没说完，他突然看到了吕建江办公桌上的一朵朵小白花，王先生愣住了："昨天跟我叨叨了半天的人，还真是他……"

原来，王先生之前有一起交通违章，打印了处罚决定书后，他想再查查违章照片。昨天下午，王先生来到安建桥警务站。

"一位值班警官给我查了查，发现打印了处罚决定书后，系统就不再存储违章照片了。可我还是有点儿没弄明白。于是，这位值班警官就特别耐心地跟我叨叨了半天。事情虽说很小，但让我很感动。我心里说，这人态度真好。于是特意问了问，他说姓吕。"

今天，王先生在网上看到吕建江去世的消息后，有点儿不敢相信：不会就是昨天的那位吕警官吧？于是，就特意跑来警务站确认。

昨天一面，竟成永别，王先生泪光闪烁，悲叹不已。

年近七旬的武金祥和老伴儿一起赶来了。

看到吕建江遗像那一刻，老人的眼泪就掉了下来，两鬓斑白的他和老伴儿站在人群中，一直环顾四周，多想再看见那个熟悉的脸庞。

"吕警官可是个好人，老百姓的好民警。"武大伯说，是吕建江帮助他找到了四十多年前的战友，他认识吕警官刚两年，但一直觉得像家人一样。

一位年轻的女士急匆匆地赶来了。

她手里捧着洁白的菊花，一进警务站的门就痛哭起来。她把白菊花轻轻地摆放在吕建江的警服前，伸手摸着挂在橱柜上的那件警服，然后低头不语，一任热泪滴落胸前……

一位小伙子赶来了。

他流着眼泪在警务站的留言本上写道："群众的保护伞，大事小情找吕叔。人走丹心在，铁血铸英魂！"

一拨又一拨的人们来到了警务站。

他们好想好想拉住吕建江，不让他离去；他们好想好想再和老吕叨叨几句，不让他睡去。

然而，再也不见了吕建江熟悉的身影，只有挂在橱柜上的那件警服，无言地望着人们；只有警务站前的那片海棠树，含泪迎送着人们……

寒冬暖阳

2017年12月3日，北风3级，气温零下5摄氏度，这寒冷是石家庄多年来少有的。

凌晨5点钟，窗外漆黑一片。家住石家庄翟营大街安苑小区的丁忠光，几乎一夜没合眼，一大早就起来了。

　　她两眼肿胀，脸色憔悴，默然无语，裹上一件最厚的棉衣，来到院子里，仰天长呼出郁结在心里的一口气，推上那辆破旧的电瓶车就出发了。

　　她要赶往二十里外的石家庄市殡仪馆，她要去见吕哥最后一面，她要去送吕哥最后一程。

　　走出院门，在昏黄的路灯下，她看见自己嘴里呼出一缕缕洁白的冷雾，就像一条条白色的挽带，瞬间消失在幽黑的夜色里。她觉得眼睛有些模糊，看不清脚下的路，她用手背揉擦了一下眼睛，觉得冰凉的眼角有些疼痛。她定了定神，骑上电瓶车就向夜色深处赶去。

　　丁忠光这辆电瓶车破旧得不像样子，电池已经非常老化，根本骑不到二十多里之外的殡仪馆。于是她决定，先赶到留村，然后改乘摩托车再去殡仪馆。

　　当年，她在留村居住，靠着在大街上摆地摊卖袜子谋生。

　　吕建江刚来留村社区任片警，那里是她第一次认识吕哥的地方。

　　吕建江从前任片警那里知道了丁忠光艰难的家境，就对她说："今后有难处就找我。"

　　丁忠光觉得这就是一句客气话，但是，在后来的十三年里，吕建江的这句承诺，就像冬天的太阳，一直温暖着丁忠光的人生。

丁忠光是石家庄人，1983年父母双亡，她成了孤儿，后来在福利院长大。

2004年，在吕建江分管留村片区之前，丁忠光刚刚搬到留村公婆的房子里暂住。她一家三口，就靠丈夫一千多元的工资生活，日子极其困难。

"孩子上学、我生病、一家人吃喝，说句实话不怕你笑话，那几年吃点儿肉都得算计算计。"说着，丁忠光抹了一下眼角的泪水。

2004年9月，丁忠光在留村大街上摆地摊儿卖袜子时，第一次见到刚转业到汇通派出所的吕建江。

丁忠光回忆说："以前管片的民警把俺的情况介绍给了吕哥，他来之前对我家的事情知道个大概。见面后，他又挺详细地问了我一些家里的情况，最后嘱咐说：'有难处就找我。'"

作为留村的外来户，丁忠光的期望不高，只要"不受气就不赖了"，对于吕建江说的"难处"，她不是没有，只是她不想说。

"我从小没亲人，也没个人帮衬，突然来个警察，说有难处找他，咱寻思着，人家就是客套客套。"

没几天，吕建江又来村里转，发现丁忠光不摆摊儿了，就找到她问："怎么不干了？"丁忠光抱怨说："摊位让村里人占了，然后要按每月一百多块钱转租给我，另外村里还要收六十元管理费。我一个月最多才挣个五六百，光支出就得一二百，你说，这摊儿我还咋摆啊？"

吕建江听了，说："我给你找找看。"

丁忠光摇摇头，心想：人家本村的人为个摊位都争破头了，我和吕警官非亲非故，我看这事儿没门儿。

没过几天，吕建江找到她，说："你跟我去留村街上，看看那块2米长的新摊位吧。"丁忠光一下子就愣住了。

"我也不知道他是怎么找人家的，硬是给我跑下个摊位来。那块地方虽说不大，但位置不错，一个月村里就收我三十块钱管理费。这样下来，我一个月省出一二百，这在那时候，对摆小摊儿的来说，可是个大数目。"

从那以后，丁忠光就管比她还小几个月的吕建江叫吕哥了。

就这样，丁忠光在留村安安稳稳地摆了两年地摊儿，日子渐渐好起来。

到了2006年，由于市场不景气，摆摊儿收入减少了很多，丁忠光索性不干了。

"其实吧，当时我还年轻，也能找个打扫卫生的活儿，但那会儿老觉得去干打扫卫生的活儿拉不下脸。"可是，没有了收入，日子又紧巴了，丁忠光的脸色又阴沉下来。

她这心思，让吕建江看出来了。那天，吕建江在留村大街上喊住丁忠光，和她谈了一回。

"吕哥说，干什么不是干，能挣着钱养活自己就是本事，要面子能当饭吃？我觉得也是这么个理儿，就听了吕哥的话。"

于是，吕建江给丁忠光联系了第二份工作，让她到留村一家网吧干保洁，一个月能拿到一千五百元。

丁忠光领了工资那天，要请吕建江吃饭。"吕哥说，你快留着好好过日子吧，攒个钱不易。"

每月有了固定收入，也不用风里来雨里去，丁忠光的脸上又有了笑容。

然而，好景不长，这家网吧拆除了，丁忠光再次"失业"了。

那天，丁忠光在路边坐了好久，又开始为今后的生计发愁，一直坐到浓浓的夜色淹没了她。

今后咋办？丁忠光不好意思再去找吕哥了。

但吕建江很快就知道了丁忠光失业的事，又开始为她找工作。经过一番周折，给她在一家五金市场找了份保洁的工作，工资比过去还高几百块。

丁忠光心里又高兴，又感激，但又有些不安，一次次给吕哥添麻烦，让她觉得过意不去。

心事总会挂在脸上，吕建江看懂了她的心思，说："你别想那么多，只要好好干工作，好好过日子，就行了。"

丁忠光记住了吕哥的话，对这份工作特别上心，早出晚归，勤快尽心，经常受到市场表扬。这份工作，丁忠光一直干了五年。

那一年，丁忠光因患糖尿病住进了医院，她的婆婆也得了癌症。吕建江知道后，给她送去了四百块钱，让她好好治病。

丁忠光说:"吕哥,你一次次帮我,连口水都没喝过我的,我哪里能要你的钱呢!"吕建江说:"你比我困难,钱虽不多,买点儿吃的,补补身子吧。"丁忠光只好接过来,泪水涌满了眼眶。

后来,丁忠光搬家离开了留村。不久,吕建江由于工作出色,被任命为派出所副所长,也离开了留村。再后来,吕建江又到安建桥综合警务服务站当了主任。

2017年7月,五金市场的保洁公司整体更换,丁忠光又失业了。

这一次,她牢牢瞒着吕哥,自己赶紧找了份新工作,生怕再给吕哥添麻烦。

但吕建江对她的关心,并没有停止。

"吕哥去世前三天,到五金市场那块儿去办事儿,没找到我,就给我打电话说,你在哪儿啊?我怎么没看见你呢?我只好跟他说了保洁公司解散的实情。他赶忙问我为什么不去找他,并说要给我再找一份工作。我说,吕哥你放心吧,我如今在一家养老院做护工,挺稳定的,收入也不错。吕哥听了很高兴,在电话里鼓励我好好干,还要我注意身体。当时我还说,等吕哥不忙了去看看他,和他说会儿话。谁知道,这次和吕哥通话,竟成了永别。今后再也没有对我这样亲的好哥哥了……"说到这里,丁忠光双手捂住脸,埋下头,"呜呜"痛哭起来。

"虽说我认识吕哥这么多年了,可我连吕哥的家门都不知道在哪里。我几次提出去他家看望,但吕哥不让我去,我知道,他那是怕我花钱给他买东西啊。"丁忠光愧疚不已,哭得更伤心了。

如今，这位比亲哥哥还要亲的吕哥，竟然永别而去了。刚听到这个噩耗时，丁忠光就像被人当头打了一棍，两眼一黑，趴在桌子上，半天没有起来。

不知道过了多久，她慢慢地抬起头来，对着苍天喃喃地发问：老天爷，你为啥这么无情啊？为啥让这么一个好人说没就没了呀？

苍天无语，只有北风在呼呼地刮。

还没骑到留村，破旧的电瓶车就没电了，丁忠光只好下来推着车走。

电瓶车推起来非常吃力。当她气喘吁吁推到留村时，已是浑身疲惫，满头大汗，眉毛上结了厚厚的霜。

"吕哥，你对我掏心掏肺的好，今天我就是爬也要爬到殡仪馆，我也得看你最后一眼，送你最后一程。"

当丁忠光跌跌撞撞走进了殡仪馆大门，撕心裂肺地哭喊一声："吕哥啊——"就昏倒在了地上……

追悼会后，丁忠光打听着，终于找到了吕哥家。

第一次去吕哥家竟然是吊唁他！还没进门，丁忠光扶着门框就哭得站不住了。

透过蒙眬的泪光，她看到吕哥的家竟然是空空荡荡的，根本不像一个工作了三十年的干部的家啊。别说成套的家具，就连遗像都没有桌子来安放，只好摆在家里最显眼的那个旧冰箱顶上。

当她得知吕哥生前除了警服就没几件像样的衣服时，丁忠光撕心裂肺，大哭不止……

"我怎么也想不到，他家是那么困难。如果早知道，我怎么忍心收下他四百块钱啊！吕哥给我找了工作，还帮我找了廉租房，给了我一个家。如今我一个月能赚两千多，房租一个季度才五百元。我现在很幸福啊，可是却再也没机会告诉吕哥、报答吕哥了。"

直到这时，丁忠光才知道，吕哥的爱人随他转业后，一直在家待业了三年，直到2007年才申请到了公益岗位，月工资至今不到一千四百元。"就是那几年，吕哥接连给我找了三份工作啊，可嫂子却一直在家待业。"丁忠光再一次泪如雨下……

透过泪眼，丁忠光再一次凝视吕哥的遗像。在这寒冬里，吕哥的目光还是那么温暖。这份温暖，将会伴随她的一生。

万芳厅的思念

12月3日上午，吕建江追悼会及遗体告别仪式在石家庄市殡仪馆肃穆举行。

万芳厅里，哀乐低回，挽联高悬，身上覆盖着鲜红党旗的吕建江，静静地仰卧在菊花丛中。

万芳厅外，寒风呜咽，手持白花的人们排着长队，前来送别这位"永不下班的警察"。

吕建江遗像两边的挽联上写着："终生为人善良亦忠亦厚，一生含辛茹苦克勤克俭"。大厅一角的电子屏幕上，滚动播放着吕建江生前的工作照。

　　昨天，音容犹在；此刻，长眠不醒。他累了，就让他静静地休息一会儿吧；他困了，就让他甜甜地睡一觉吧。

　　河北省公安厅政治部副主任兼宣传处长贾永华，认识吕建江好多年了。自从得知吕建江去世的消息，她常常不知不觉就泪流满面。当她代表省厅宣读吊唁信时，声声含悲，字字带泪，几乎读不下去了……

　　吕建江的爱人和女儿，更是悲恸欲绝，无法站立，亲人们抱着、抬着她们母女俩离开了现场。

　　"爸爸，我是您的女儿啊，您不能走啊，您走了，谁去参加我的毕业典礼，我出嫁时谁为我披上嫁衣啊……"

　　"建江，我是你的妻子啊，你不要走，你走了，每天做好饭菜，我还等谁？咱的白发父母，谁来送终……"

　　吕建江的老岳母，七十多岁的老人，站在那里一声声呼唤："江啊，江啊，回来呀，你走了家里怎么过啊……"

　　那一刻，哀痛的哭喊，扎得人们的心，好疼好疼。

　　前来送行的人越来越多，他们捧着吕建江的照片，低念着"吕哥，一路走好"，泪洒胸前，泣不成声……

　　留村社区的李大伯来了，泪水模糊了他的老花眼："小吕啊，你别走，我是李大伯啊，你走了，今后逢年过节谁来陪我唠嗑啊？"

河北爱心救援队的四十多名志愿者一大早就赶来了，他们把上百枝黄艳艳的菊花，默默递给每一位前来送别建江的人，一枝菊花一缕哀思，一枝菊花一份深情。

网上的兄弟姐妹们来了，"老吕叨叨"微博微信里的"粉丝"们来了，他们手持洁白的花朵，举着"吕警官安息""吕哥走好"的牌子，泪眼含悲，仰天长叹："老吕叨叨，建江永在。"

河北省楹联学会的朋友们来了，他们洒泪化墨，为吕建江写下了挽联："一种挚情怀，以军魂铸警魂，十载叨叨常送暖；万家哀思起，怨天意违民意，三冬郁郁倍增寒。"

吕建江的战友们来了，他们缓缓走进万芳厅，默默追忆着和吕哥在一起并肩战斗的往事，那是永远不会忘却的记忆。

社会各界人士来了，一千五百多人，默默走进万芳厅，敬献菊花，寄托哀思，呜咽挥泪，再看好兄弟最后一眼，再送好民警最后一程。

吕建江用对百姓的至爱，在大地上，在网络上，搭建起了一座连通、服务百姓的桥梁，温暖着百姓，帮助着百姓。他是人民的儿子，他是大地的赤子。

他为百姓做的都是微尘小事，但却是年年月月、日日夜夜、时时刻刻、点点滴滴，直到生命的最后一天。

人民群众永远记住了这个熠熠生辉的名字——吕建江！

老百姓在心中为他树起了一座丰碑，顶天立地，巍峨永恒！

尾　声

海棠花又开了

2018年，清明时节，细雨纷纷，打湿了人们思念亲人、祭奠亲人的眼眸。

绵绵春雨中，"吕建江综合警务服务站"门前那一大片海棠花开了，粉红鲜艳的花儿，朵朵串串，缀满枝条，花海灿烂，辉映着闪烁的红蓝灯，成为这个春天警务站前最温暖的风景。

吕建江生前非常喜欢这一片茂盛的海棠树，喜欢它竭尽全力地绽放，为人间增色，却又低调含蓄地隐藏起香味，甘守平凡。

海棠花开时节，他每一次出警匆匆归来，总会在这里停下脚步，缓缓伸手，轻抚海棠树干；仰头眯眼，细细捕捉着那若有似无的馨香。

今年，海棠花又开了，只是不见了那个熟悉的身影，只有缕缕春风吹着海棠花，轻轻摇曳，思念深深。

早晨，上班的时候到了，警务站前举行了一个仪式——警员们整齐地站成一排，表情庄重肃然。

值班员大声下达了口令："现在点名：吕建江！"

"到！"所有人齐声应答。

声音铿锵，嘹亮如歌，回荡在安建桥下，缭绕在警务站上空，然后传向远方！

海棠花默默绽放着，花瓣上雨滴点点，像是睫毛上的泪珠。

一阵微风吹过，海棠轻摇枝条，烂漫花丛中，吕建江欣慰地笑了……